大扶贫

一线手记 ②

张兴 ◎ 著

贵州出版集团
贵州人民出版社

图书在版编目（CIP）数据

大扶贫一线手记.②/张兴著. -- 贵阳：贵州人民出版社，2019.11（2020.12重印）

ISBN 978-7-221-15771-3

Ⅰ.①大… Ⅱ.①张… Ⅲ.①纪实文学—中国—当代 Ⅳ.①I25

中国版本图书馆CIP数据核字(2019)第272748号

大扶贫一线手记②
DAFUPIN YIXIAN SHOUJI ②

著　　者	张　兴
摄　　影	罗华山
出 版 人	王　旭
责任编辑	程　立　马文博
装帧设计	唐锡璋
出版发行	贵州出版集团　贵州人民出版社
社　　址	贵阳市观山湖区会展东路SOHO办公区A座
邮　　编	550081
印　　刷	贵阳佳迅印务有限公司
规　　格	787mm×1092mm　1/16
字　　数	220千字
印　　张	16.5
版　　次	2019年11月第1版
印　　次	2019年11月第1次印刷　2020年12月第3次印刷
书　　号	ISBN 978-7-221-15771-3
定　　价	39.00元

目录

CONTENTS

前言 / 着眼于人 ……………………………… 001
"苗族文化之乡"新亮色 ……………………… 005
"能人"杨义权的喜与忧 ……………………… 014
死命令：教育扶贫"一个都不能少" ………… 022
要干，一辈子就干好一件事 ………………… 030
小山村里的"标志性事件" …………………… 039
"说春"说出新境界 …………………………… 048
心底泛出的"红茶香" ………………………… 056
刘春的情怀：二个多一点 …………………… 064
不仅仅是一颗赤子之心 ……………………… 074
"山妹儿"，刺梨情深 ………………………… 085
王院村里的别样人生 ………………………… 096
新市民，新天地 ……………………………… 108
情满核桃林 …………………………………… 120
扶贫战场上的赤诚军魂 ……………………… 129
"龙头"舞起英雄气 …………………………… 138
一场特殊的对话 ……………………………… 147
女排长和她们的"尖刀排" …………………… 155

"我的世界变得真大！" ………………………………… 163

鱼良溪：残疾人的新传奇 ………………………… 170

龙友华和他的"猕猴桃情结" …………………… 178

"茶业文化"三思三析 …………………………… 186

从"对着干"到"争着干" ………………………… 192

特殊"大课堂" …………………………………… 199

村歌响起来（上） ………………………………… 208

村歌响起来（下） ………………………………… 216

烟云一瞥看古镇 …………………………………… 223

身边不走的志愿服务者——赤水行之一 ………… 231

把"爱国有我"刻进心里——赤水行之二 ……… 238

两盘棋合成一盘棋——赤水行之三 ……………… 245

发展才是最好的保护——赤水行之四 …………… 251

» **前言**

着眼于人

时光叠印了两个相似但又不同的画面。

2017年5月12日,我去了赤水市丙安镇。丙安历史文化和红色文化底蕴厚重。当年这里是川盐入黔的重要码头,"歇脚丙安"的话流传久远;曾是红军的一个重要战场,镇里建有红一军团总部驻地和耿飚将军纪念馆。

刚到这里任职的镇党委书记马红霞,是位活泼开朗的女性。她带我去一个叫瓦店沟的地方,说要让我看看丙安脱贫攻坚的潜力和前景。一路上,她要么叫车停下,要么让车缓行。"这里到处都是财富,到处都是风景。我们带着群众把它们开发出来,就能彻底挖断穷根。"

一路走来,果然风景如画。

溪水绕着竹林,淙淙水声伴着竹叶在风中的摇曳声。隔不远处就淌出一道瀑布,桫椤星星点点散在绿丛之中。山里有不少摩崖石刻,留着历史的斑痕。走过一处"猪王坟",马红霞讲了一个凄婉的传说:早年间,一位外乡猪贩,赶猪路过这里,在洪水中救出两个当地乡亲,后来自己病死在瓦店沟。天上竟然落下一块巨石,上面刻着纪念这位猪贩的碑文。再往里走，当年盐道，一阶阶石梯，淹没在草丛里。马红霞说，这里翠竹满山，美丽风景里人文资源又这么丰厚，苦就苦在不通路、没好路；老百姓会算账，但又算得不长远。一山的资源没变成资金和财富。

2019年7月5日，我又去了丙安镇。马红霞仍然风风火火、情怀满满。我们再去瓦店沟，山还是那样秀美，溪水还是那样清澈，竹林幽幽，桫椤依旧。通往穿风坳的古盐道，红军道似乎还在讲着昨天的故事。但道路边、溪流旁一块块巨石上和空地里新植的石斛苗，却是两年前没有的。马红霞说，通过脱贫攻坚，这里丰厚的历史资源、文化资源和产业资源都被挖掘出来了，瓦店沟如今变成了历史沟、文化沟、风景沟、产业沟。她翻出手机中保存的一张老照片，那次，我在贫困户张家勇屋前，遇到时任赤水市常务副市长马华，他对张家勇说，别看你现在穷得叮当响，可你守着一山宝贝哩！只要把脱贫攻坚这条路走到底，将来你不当个大老板才怪！几年过去，张家勇真的成了致富带头人。马红霞说，像张家勇这样人，镇上还能数出不少。

赤水市脱贫攻坚在全省率先出列，但脱贫攻坚并没有成为过去式。赤水市被定为全国50个新时代文明实践试点县市之一，他们把这工作当成衔接巩固脱贫攻坚成果和推进乡村振兴的战略之举来抓，像抓脱贫攻坚一样抓文明实践试点，物质上脱贫了更要重视农民群众精神上的脱贫。在丙安，我们看到，三位红军烈士的遗骨被移葬到红军道边，干部群众说，红色基因给我们增添了为美好明天奋斗的激情和干劲。猪王坟也被赋予新的含义：脱贫攻坚、乡村振兴，就是要共产党员和干部举生命之力，去为老百姓办好事，在老百姓心中实实在在立一块碑。

赤水市是全省脱贫攻坚战场烽火不熄的一个缩影。

脱贫攻坚，不再仅仅简单物化为拿出多少钱，兴办多少项目，让老百姓住上多少套新房子，荷包里装着多少票子。当然，改变农村面貌，这些都是必需。但越来越多干部群众强烈意识到，仅仅有这些，还不能彻底挖断农村和农民的穷根。扶贫先扶志，扶贫要扶智，从共识成为行动，由行动转化出成果，这种现象越来越多地涌现，才是更加令人欣喜的事。

我一直认为，脱贫攻坚不仅仅是一项经济任务，而应该被视为中国农村的一项伟大社会变革。它所触动和改变的范围，应该涵盖农村的思想、经济、文化、社会、人文、环保、法治生活的方方面面。与这一认识相适应，《大扶贫一线手记》第二部，把更多的视角和笔触对准了脱贫攻坚中的人文、社会变化。凯里市凯棠镇"'苗族文化之乡'新亮色"；雷山县的"死命令：教育扶贫一个都不能少"；石阡县"小山村里的标志性事件""'说春'说出新意境"；正安县青年农民学校"特殊大课堂"；赤水市"身边不走的志愿者""把'爱国有我'刻进心里""发展才是最好的保护"；凤冈县的"从'对着干'到'争着干'"；开阳县田坎村的"村歌响起来"，从不同角度去观察和反映脱贫攻坚中人的思想变化、精神变化、社会变化，意皆在此。

实现变化和变化了的主体是人。本集对脱贫攻坚中一些特定群体和个体给予了特别的关注。以石冰为代表的有爱心的企业家，志在助农致富的科技工作者，敢与命运拼搏的残疾人，舍小我为大我的驻村帮扶干部，扶贫战场上像杨开洪那样曾经或现在的铁血军人，从农民向市民转变的易地搬迁贫困户，都成为这本书里的主人公，我不但想写出他们的言行，更想描画出他们的心灵。

不发展产业，无法谈脱贫致富。但我试图选择新的观察角度。众里都说黔茶好，贵州不少特色农产品也早已声名在外，但要让它们形成具有强大竞争力的产业，还亟待新思路、新举措、新路径。"'茶业文化'三思三辨""龙友华和他的'猕猴桃情结'""情满核桃树""'山娃儿'，刺梨情深""心底泛出的'红茶香'"，从不同侧面记录下这一心路历程和实践过程。

走访写作《大扶贫一线手记》第二部，一路上不乏艰辛，但也充满着快乐。我要深切感谢贵州人民出版社程立老师、马文博编辑。深切感谢给予我大量帮助的贵州经济文化促进会朱家淮老先生。贵州日报报业集团的罗华山同志以及报社不少昔日同仁，多彩贵州网的领导和编辑们，诗友卡西、耕夫，我走访足迹所至的市、县、乡镇村的干部群众，都给予我无私而真诚的支持和帮助。我想，继续走下去，在脱贫攻坚伟大斗争取得决定性胜利之时，拿出《大扶贫一线手记》第三部，应该是对他们最好的感谢，也是我对生于斯长于斯的新时代新社会的最真情回报。

张　兴
2019年7月

》"苗族文化之乡"新亮色

把我们目光和脚步吸引住的,是一则关于凯里市凯棠镇的电视专题报道。

2018年12月21日,为庆祝改革开放40周年,中央电视台《朝闻天下》栏目播出了"走基层"节目:"贵州凯棠 贫困乡镇的教育逆袭之路"。发生在黔东南苗族侗族自治州一个偏远乡镇里的教育扶贫故事,让多少人眼前一亮——凯棠,每一个留守儿童都能阳光成长;凯棠,没有一个学生因贫辍学;凯棠,每一个读书出去的孩子,都会想办法为家乡出一份力。读书育人,在凯棠人的乡愁里,具有不一般的分量。

2019年1月9日,寒风冷雨,我们在去凯棠的路上。

凯棠在凯里市东北面,距市区37公里。这30多公里路却不好走。大概是要把老路改建成新路,现在的路面被弄得坡坡坎坎。在上面走,不像坐车,倒像坐船。

一车的人议论开了:能在这样的路上来回行走,少不了阳光的心态,少不得底气的悠长。

四十来岁光景,身强体壮的杨再宏,是我们见到的第一位凯棠镇的干部,他是镇党委组织员。一见面,杨再宏就说起家乡的"家底",我们觉着他在为解凯棠"底气"之惑拿出答案。

凯棠曾经是贵州一类贫困乡镇。

这里不仅土地贫瘠、水源缺乏,而且人多地少矛盾特别突出,全镇没有一块坝子,望天的田土全挂在半山甚至山顶上。24801位乡民,99%是苗族。甘打豹、别书鲁、卡扎、板漏、羊就、甘光脸、羊嘎、干豆郎……一个个别具特色的村寨名字,让你实实在在感受到,脚下踏着的是一方民族风情浓得化不开的土壤。

像钱币总有不同的两面,凯棠除了是历史久远的偏远贫困乡镇,"苗族文化之乡"的声誉也源远流长。或许真是被人多地少、"一方田土养不活一方人"的乡情逼出来的,"终身之计,莫如树人",成了凯棠不成文的古训。乡里乡亲都明白知识改变命运的道理,把教化育人看成大事。

和我们交谈,杨再宏几次提到一位"九先生"。

"九先生"名叫顾明基,是清朝时镇里羊别寨人。顾明基少年时随老师到都匀游学,考取秀才后,地方当局准备聘其担任乡长,他却要走弃官从教的路。1890年,顾明基回到凯棠,在自家堂屋开办私塾,招收当地学子,一时轰动四乡。到1924年,全镇已办起16家私塾。民国后期,不少乡贤为了求学读书，变卖家产远赴外地。其中不少人，新中国成立后进入了建设国家的人才队伍。

摆起凯棠这些往事，杨再宏声气越来越硬朗："'九先生'一百多年前给我们开了个好头，像我们这样的地方，乡亲们都知道，只有靠读书才能改变现状。孩子读不起书，凯棠人会觉得脸上无光。孩子考取了大学被缺钱难住，乡亲们会你一角他一分地凑学费。外出打工十几人租住一间房，浑身上下穿的破旧衣裳，目的也是为孩子们挣足学费。你说他们是不是一群'可爱的人'？"

下午六点过，镇长顾军先忙完手头公务，邀我们去办公室见面。

顾乡长谈话间也提起了"九先生"顾明基，不过他说："'九先生'开了重教育重读书的一代乡风，但这棵苗要真正长成大树结满果实，还得在今天。"

顺应了经济发展、脱贫攻坚的大势，这些年来，凯棠镇抓教育有不少"大手笔"。

教育投入舍得花钱。凯棠民族希望中学投入已达1000万元，教学设施日臻完善，图书馆藏书6万余册，是全市乡镇中学中的"唯一"。2016年至今累计投入2000万元，新建凯棠二小。

教育扶贫政策落实到位。国家、省、州、市各个层面对贫困学生的资助，一分不少地用到学生身上。

社会各界关心传递温暖。在外乡工作的凯棠人经常回来言传身教、建言献策。社会各界捐助凯棠教育钱物折合

人民币120多万元。

当然,最有说服力的还是不断提升的教育质量。

2016年,凯棠民族希望中学录取重点高中人数,名列全市乡镇中学第四。

2017年,凯棠民族希望中学中考600分以上人数居全市乡镇中学第三。

2018年,则更上层楼。这所中学中考600分以上人数,是全市镇级中学第一。这一年,凯棠学子参加高考,二本以上录取107人。

我们注意到,顾军先在介绍情况时,时不时会翻翻手边一本紫红封面的大书。

"这是本什么书？"

"哦，这书就叫《凯棠人》。凯棠文脉怎样传承发展，哪些人做了什么事，书里面都有记载。我有时读着读着，就明白了是什么力量让凯棠这片天空星光灿烂！"

锲而不舍抓教育。凯棠因此有了无比绚丽的天地。

如今，凯棠镇已经出了10个博士生、36个硕士生、1366个本科生、1150个大专生。在外工作的凯棠人有7000多名。一个只有两万多人的苗族乡镇，发生这些不平凡的事情，不能不让人由衷慨叹。

读书回乡的凯棠人，带回新的理念。读书在外创业的凯棠人，念念不忘桑梓情。

从凯棠镇走出去的清华大学博士生杨清华，回到凯里担任中科汉天下公司董事长，研发高新科技产品。公司里有不少员工就是凯棠人。

凯棠镇梅香村一位到欧洲留学的苗家姑娘，建起网站，向一些欧洲国家推介宣传自己妈妈参与制作的苗绣、银饰，在当地广受欢迎。村里一帮妇女、老人藉此建起"苗乡编织刺绣合作社"，不仅弘扬了苗族传统文化，而且让乡亲们获得了可观的经济收入。被联合国有关机构称之为"指尖上的扶贫"。

凯棠镇留守儿童多。凯棠民族希望中学有在校生1070人，寄宿生就有916人，其中绝大部分是留守儿童。

就在这批学生中，学习成绩在全市乡镇中学名列前茅的不少。

校长顾业雍说，老师们都把留守儿童当子女看，把自己当作他们的父母亲，天长日久，就会感动"上帝"。

此言不虚。一进校园，我们就发现教学楼上镌刻的校训："立志培德，学能健身。"也只有怀着父母般的情怀，才能向学生讲出这样的殷殷话语。

学校老师杨有生，带的班上48人中，有30多个留守儿童，去年这个班中考成绩人人都在600分以上，全部进入重点中学凯里一中。杨有生拿出手机翻看对话，回忆前不久与几个留守儿童学生一起过苗年的故事。

苗年是苗族的盛大节日。今年苗年，杨有生发现两个学生在校园里百无聊赖地转悠。上前一看，都是班上的留守儿童学生，一个叫张春勇，一个叫杨正田，家里分别住在南江村和凯哨村。路远难行，父母又都出外打工，这年没法过。

杨老师把他们带回自己家里，吃饭，谈心，还用手机

同他们父母发起了视频。

这边杨有生说:"有三个小朋友到我家过年,吃清汤本地鸭,是我亲自整的年夜饭。"

那边学生家长回应:"谢谢老师关照,祝你们过年快乐!"

一会,有家长发话:"问老师一个事,张春勇这段时间学习怎么样?成绩好吗?"

杨有生回答:"挺可以的,放心。"

在家乡陪学生一起过年的老师,在远方无法归来的家长,心都牵挂在孩子身上。杨有生说,这就叫"心心相印"。大家一起用力,那就会"润物细无声"!

这样的故事每天都在学校发生。

一位老师发现留守儿童女学生平常洗脸洗脚用热水有困难,便天天在家烧好开水,规定女生们按时去洗脸洗脚,不去的要算"迟到"。有的老师看到留守生们周末的日子过得随意,便在周六、周日把全班几十个人都叫上上街吃粉吃面。

面对这样的老师,那个曾经在杨有生家中过苗年的学生杨正田,几句话说出了留守儿童学生们共同的心声:"谢谢老师!我们只有发奋学习才能报答你们!"

像父母一样爱抚学生,在凯棠镇教师中蔚成风气。

怎样去当好这个"父母"?顾业雍校长深有感触。他对自家一个亲戚的儿子,受社会不良青年影响,用课本打老师的情景记忆犹新。"孩子们父母不在身边,老师就是学生身边最亲的人,不但要管他们学习,更要管他们做人。"

凯棠民族希望中学的78名教师被分成5组,从早上七点半到晚上十一点,对留守学生全程跟踪监管,让关心关爱渗透到学生起居和学习的每一个细节中。在学校专门为留守儿童设立的"阳光儿童室",13岁的苗族女孩杨明秋跟我们讲起心里话:"学校从方方面面关心我们。老师跟爸爸妈妈一样好,在学校没有爸爸妈妈不在身边的感觉。我爸爸妈妈一直在商量,怎样配合学校把我们教育好。这不,我爸爸已经决定不出去打工,专心一意地陪好我们三姊妹。"

教育扶贫,需要浓浓的爱心。

凯棠镇里,爱孩子的又何止是老师!

在火香村,我们遇到了镇妇联27岁的女干部袁荣丽,她还未婚,却已当了两年的"爱心妈妈"。据她说,镇里像这样的"爱心妈妈"共有48人,分别是镇政府女干部、卫生院女职工和村妇联主任。她们的任务就是用一帮一和一帮多的方式,与留守儿童开展亲子活动,从学习、生活、行为习惯、心理养成等多方面关心留守儿童,促进他们健康成长。

袁荣丽"一对一"帮扶一个叫杨晓娟的7岁小姑娘。说起未婚女子当"妈妈",她脸上不易察觉地泛起红晕,其实小姑娘平常就叫她"姐姐"。小姑娘少言寡语,不爱与人交流,说实话,她同带自己的奶奶本来就存在代沟,有啥好讲?袁荣丽从和杨晓娟聊天开始,慢慢去了解她的心里世界。小家伙见着袁荣丽,话越来越多,久了不来还会想"姐姐"。袁荣丽说,其实,让我当"妈妈"还真没经验，我做的事就是在晓娟心上打开一扇窗子，让她晓得朝山外头张望。

为了不让一个贫困孩子辍学，火香村建立助学基金。既奖励资助考上大学的优秀学生，又帮助因为家庭困难不能入学的贫困学生，而资金主要靠民间个人筹集，全村400余户人家都参加了这个活动。村文书杨华一句话说得干脆："大家甘心情愿来资助优秀学生和贫困学生，恐怕不仅仅只能用爱心来解释。我们觉得把教育这棵树栽好了，村里和镇里的发展才真正有希望！"随行的杨再宏告诉我们，这样的助学基金，凯棠镇11个行政村，村村建得有。杨华说的是心里话。

杨华的比喻打得好！如果说"苗族文化之乡"为凯棠准备了一片教书育人的丰厚土壤，那么，镇里的党政领导，镇上的父老乡亲，一腔热血的学校老师，从山里面走出去散布在各行各业的凯棠人，就都是这片土壤的守护者和开拓者。抓住教育不放，凯棠人素质越来越高，凯棠人本事越来越大，凯棠人战胜困难的信心越来越强。一类贫困乡镇的帽子已经摘下，凯棠的干部群众正在谋划新发展。

当天晚上，我们还要离开凯棠往三穗县赶，再走上那条坎坎坷坷的路，车上讨论的话题已经是：文化和教育给凯棠镇带来的发展底气，应该像星星，像火苗，撒向贫困地区更多地方！

2019年1月12日

》"能人"杨义权的喜与忧

2019年1月9日,在凯里市凯棠镇走访,一直忙到快晚上七点。

同行的《贵州日报·法治贵州》主编罗华山一再建议,不在凯棠吃晚饭,连夜赶到三穗县一个山村去。他说:"那里有个你肯定感兴趣的人物。他杀了鸡,备了菜,一定要等着你去吃晚饭哩。"

晚上八点从凯棠镇出发,十点到达三穗县城,车外气温已是0℃,又兼寒风细雨。我以为到了目的地,华山一声"慢",原来我们还得走十三公里的山路,去滚马乡响水村。

这十三公里路,是名副其实的"烂"。烂有烂的不同,去凯棠的路是坡坡坎坎,上响水的路是坑坑洼洼。一截路走了将近一个小时,有的路段能颠得人上气不接下气。

走了十多公里,一辆在路边等了一阵的黑色越野车带我们走上一条更陡更窄的硬化路。车主人在茫茫夜色中朝我们摆了摆手，风雨中也没看清这人模样。

车在山路上爬坡上坎，目光能及处已是蒙蒙雾气。隐约看见一幢西式门窗、立柱、阳台的房子，在这小山村里显得有些不凡。有人猜，这大概是来接我们的主人家房子。还真猜对了！再下一个陡坡，拐进一块水泥院坝，主人家热情地喊："到了！"看了看时间，临近晚上11点。

主人家叫杨义权，是位50岁的侗族汉子，从2014年起，一直当着响水村村委会主任。

他家一楼一底，400多平方米。我们走进的是偌大的堂屋。杨义权忙着生木炭火，围着火炉摆开一圈木头小板凳，招呼大家快过来暖暖身子。

预备的晚餐变成了宵夜。

鸡火锅，热气腾腾，香气四溢。

这下我把杨义权看了个仔细。

瘦长的脸，刻着一脸风霜；眼睛不大，却透着灵气；浑身上下，穿着打扮，不像乡村人，同城里人却相似。我悄悄对身旁人讲："这人有故事！"

这不，吃着宵夜，杨义权真就主动讲开了他的故事。大意是：他23岁就到广东打工，中间几经波折，几度回乡创业，吃够了苦，也尝到了甜头。最后，带着乡亲们养起了黑毛猪，创出了牌子，也打开了市场，现在却在发愁养殖规模上不去。看他脸上一会儿笑容满面，一会儿愁云密布，我们心也跟着一起一落。在一个寒冷的小山村里，与一个心里有想法的乡村能人围炉夜话，突然让我想起，有点像俄国作家屠格涅夫《猎人笔记》中的某些场景。

时间晚了，人也乏了，天气又冷。主人劝我们早点休息。我们约定，明早再听杨义权和他的乡亲们讲故事。

响水村的夜晚是寒冷的。

住在杨义权家，他怕我冷，加了三床铺盖。夜晚我还是被冻醒三次，醒来用手一摸，最上面那条被子竟是湿漉漉的。

清早，拉开大门，外边已是一片晶莹世界。近处的竹子，远处的树木，雾气里的山峦，都挂上了银白的冰凌。我想趁空去做快步走，路又湿又滑，只好退回堂屋中。

也起来了的杨义权，又在忙活着生炭火。围炉夜话变成炉边促膝。杨义权动情地讲，我动情地听。

1992年，杨义权加入"打工潮"，到广东东莞一家做玻璃幕墙和塑料花的工厂当保安。半年以后，就当上了厂里的人事部长兼保卫科长。这"火箭"是怎么坐上的？杨义权自信满满："我说话大家都听！"当时厂里员工800人，有600人是他通过各种关系从三穗带去的。厂长走进车间员工照说照笑，杨义权一去便鸦雀无声。

风风火火的杨义权，1996年带着12万元的"第一桶金"返乡创业。在离家不远、处于交通要道的辽家坳办起百货店，还花了3万多元买了部双排座货车跑运输，一时间也把生意做得风生水起。谁料好景不长，车坏了，百货经营亏本，不顺心的事接踵而来，12万元本钱打了水漂，还倒欠下不少的外债。

是退还是进？杨义权这个侗家汉子有血性。他几句话掷地有声："不欠钱的人不一定有本事，敢欠钱的说不定是有本事的人。"意思是说，不要自己打垮自己，要自己战胜自己，哪怕欠着钱去谋发展，只要肯做就没有什么事做不成。

1998年，杨义权又一次成为农民工，这次地点是在广东深圳。

年年岁岁花相似，岁岁年年人不同。这回杨义权当农民工，意不在出苦力，而在做生意。2000年，他接手一宗贵州土特产营销生意，把家乡的米豆腐、红酸汤、木姜子、折耳根、煳辣椒在深圳卖出去。杨义权迈开双腿，挨家挨户同市内36家贵州酸汤鱼馆订好送货协议。2007年，又花30万元接下一家20张桌面的酒楼，改名"黔香苑"。在深圳的贵州人，都爱在"黔香苑"聚会。在深圳的三穗人，没有不认识杨义权的，见面就亲热地喊他"米豆腐"。如果不是修地铁封路，断了"黔香苑"的生意，这块"米豆腐"的香气，不知道还会飘散多远。

修地铁封路，让杨义权亏了60万元，但还有23万元捏在自己手里。2010年，由于子女在外地就学难，杨义权又一次拖家带口返回响水村。

这次创业干点啥？

开酒店。这行当轻车熟路，一年做下来能保证两个孩子的读书费用。杨义权像是拿定了主意。

没想到，《贵州日报》社黔东南记者站时任站长杨志刚一通电话，改写了一个人下半生的历史。

"我要来三穗。杀两只鸭子，吃顿饭，整杯酒，看看你！"

杨志刚来了，围着杨义权家周边青山绿水一看，听说杨义权还要在三穗重操旧业，说话禁不住提高了音量："不要再开酒楼了，租两片坡，发展种养殖有哪样不好？"

杨志刚曾在关键时刻给自己支过不少好点子。他讲话杨义权信。

每年15000元租金，租下500亩山坡地。山坡地涉及四个村民组，有人愿租，有人不愿租。杨义权费了三个月心血，说服了最后一户不配合的村民。

2012年，坡地全部种上油菜。也就在这一年，杨义权办起村里第一个养殖场，专养黑毛猪。黑毛猪个头不大肉质好，当年养成的70头猪全部销完。第二年，黑毛猪养殖量达到200头，年底成交120头。2014年，杨义权建起村里第二个养殖场，黑毛猪存栏数达到500头。

如果事情就这样顺风顺水发展下去，杨义权既可以事业风生水起，人生又能够波澜不惊。

事实偏不是这样。

2015年，杨义权发展养殖业遭遇重大挫折。

因为疾病，他死了237头出栏猪、2000只放养鸡，经济损失超百万元。

泰山压顶，杨义权却没有止步。

他知道响水村黑毛猪已经有了口碑，也不愁市场销路。而且还有两个"天时地利"：政府免费发放1200头黑毛猪苗给农户饲养；乡亲受他影响办起村里第二个养殖场。2016年，他与深圳商家订下销售合同，按20元/斤的收购价，向商家提供3000头黑毛猪。商家甚至还有把响水黑毛猪打进香港市场的意愿。

但是良好愿望没能实现。

卡就卡在养殖规模上。杨义权按活猪14元/斤的价格向乡亲们回收，装满一车拉走一车，全部收完才完成1260头黑毛猪的合同任务，离3000头的要求尚欠1740头。商家通情达理："完不成合同任务也不怪你，放心，我不让你赔。只想早日听到你们发展的好消息！"

可这个疙瘩在杨义权心里解不开。

他不止一次算过账：只要得到必要的帮助与支持，响水黑毛猪完全可以发展到3000头以上；就是发展到5000头，市场营销的事自己也有把握打开局面。这能够让全村增收致富的事，办起来咋有那么多这难那难？

火盆里的木炭快要燃尽，杨义权忙着加新炭。火燃起来了，他却有些愁眉不展。

向火而坐的同行者们都想说点什么。

《贵州日报》社摄影部副主任刘增兵长时间从事过农村报道，对这个问题更有发言权："农业产业生产周期长，市场变化大，农业产业最大风险在市场。"顺着这个话头，大家七嘴八舌地议论开了：像响水黑毛猪这样的"一村一品"，牌子打出去了，市场下家也找到了，风险已经被降低到最小限度。越加大支持力度，风险会越小，而且越可控。这种可控的风险，要通过加强服务来防控。

杨义权眉头渐渐舒展。他一边拨炭火一边说："更多的人听到你们今天这些话，响水黑毛猪大发展的日子可能会来得快些。"

下午，我们还要去另外一个县。临行前，杨义权见缝插针，带我们去参观了村里第六个养殖场。

场主是26岁的村民吴涛，他在省电大法律专业毕业后回乡创业。目前场里养殖黑毛猪320多头，销售方式主要是用户现场点杀，一年要赚40多万元。

吴涛的养殖场今天点杀了3头黑毛猪，每头都在220斤上下，他父母亲也来帮忙。一边是被宰杀的猪刮毛开膛，一边是一群乡里乡亲等着吃农家饭。见我们急着赶路无意留下来吃饭，他便急着要说几句心里话："养黑毛猪其实成本不高，劳动量也不大，养个十头八头，两个老人都拿得下来。喂一头一年就能净赚1000元。我们都希望响水黑毛猪养殖业能快上一个坎！"

听了这席话，杨义权沉默无言。这个既有思想、又有技术、还想干事的乡村能人，此刻心中会翻卷着怎样的波澜，我们无从得知。但怎样把他们的内生动力充分发挥出来，却值得我们细细地想。

车要上路了。杨义权招呼我们，年前一定要争取来响水村看杀年猪、吃农家饭。我们答应了，倒不是想着那诱人的农家饭香，而是想看看这位乡村能人心头的愁云是否已经消散。

2019年1月13日

死命令：教育扶贫"一个都不能少"

我们面前放着一张心理咨询记录。

2018年3月26日，一位当过8年留守儿童的雷山县高中一年级女学生，无法摆脱心里的焦虑、迷茫和无奈，接受了县教育和科技局专门组织的心理咨询。

女孩两岁时，父母出外打工。她一直住在有正式工作的叔叔家里，关系倒处得很和睦。9岁那年，爸爸妈妈回到家乡，还带回了她早已不熟悉的弟弟妹妹。从此，姑娘的生活中阴云密布。她觉得爸爸妈妈只爱弟弟妹妹，而不爱自己。叔叔家那种开放爽朗的关爱再也回不来了。

她曾经这样表述自己的心情："爸爸妈妈打工为什么只带弟弟妹妹而不带我？这说明他们不爱我。我只有表现得乖、懂事，才能分得父母的一点爱。所以我处处小心谨慎，把自己伪装起来，让自己看上去很懂事。可结果发现这样也得不到爱，反而离爱更遥远。弟弟妹妹经常和爸爸妈妈谈笑风生，而我和他们之间变得越来越客气。"

咨询医师对症下"药"，迅速与学校、老师取得联系：孩子经历了漫长的留守阶段，这个年龄段，儿童依恋心理较重，特别需要照顾和关爱。治女孩的病，关键在调整心智，理解父母。父母对她客气不是因为不爱，可能是觉得对她有亏欠；加之她本人也戴着"面具"，导致父母不了解她的内心世界。重建女孩的心理世界，必须父母、学校和她自己一齐努力。

2019年1月10日下午，雷山县教育和科技局局长杨箭标，在高速公路出口迎接到我们。才在局里会议室坐下不久，就忙不迭地讲开了故事。这张"心理咨询记录"的来龙去脉，就是他讲的故事之一。

杨箭标说，雷山县脱贫攻坚任务很重，因为地处少数民族地区，教育扶贫更是其中的一个重头戏。教育扶贫，少了哪一个贫困学生都不行，差一个孩子不到位就不能谈实际成绩。控辍保学、送教上门、关爱留守儿童、精准资助圆贫困学生"人生梦"，方方面面都有人在写感动人的故事。

确保该上学的孩子个个进校园，雷山县从县委书记、县长到职能机构、学校、老师，大家都在出主意、想办法。

一些学生初中毕业后没考取普通高中。

让他们"信马由缰"，就不能做到"没有一个人失学"。不怕！职业教育风生水起，学校的大门始终向这些孩子开着。

2017年，雷山县政府与北京百年职校集团签订协议，由百年职校集团对雷山定点帮扶。当地孩子进了百年职校分校，学费、衣着被服费、来回交通费都可减免。学校还实行做好事积分制，积分可以兑换现金。也就是说，不用花一分钱，学生能接受系统的职业教育，而且确保就业。

第一年，百年职校没有在雷山就地开班，就读的学生要远赴外地分校，而最近的分校都不在贵州邻省。一些家长有些发怵："真会有这样的好事？"而且孩子远离父母，不能不叫人牵肠挂肚。孩子们中间也弥漫着一种"悲壮"情绪。当年报名的人，最后只走了一半。

2018年，职校决定在雷山县办两个班。

上职校到底好不好？上职校能不能为人生打开一条新道路？

第一年走进职校的学生，回到雷山"现身说法"。

一些离开时汉话都讲不好的苗族少年，一年时间学会了讲普通话，对人彬彬有礼。

一个叫江有涛的学生，过去饭来张口、衣来伸手，还经常同父母闹别扭。去了北京，现在每周都要同父母通两三次电话，关照妈妈不要太累，劝爸爸少喝酒，多注意身体。

最打动人心的，当然还是职校"确保学生就业"产生的效应。

雷山贫困学生走进职校，取向不止"北京百年"一家，而每家职校都能给大家带来意外的惊喜。

杨箭标局长帮扶望丰乡羊卡村一位叫淳小发的少年。他帮这孩子联系到重庆的职校，毕业后，淳小发回到凯里一家公司搞测绘，月工资3000多元，五口之家借此脱了贫。望丰乡乌的村王先珍，在职校学习歌舞专业，毕业后去西江歌舞团上班，月收入超过7000元。永乐镇开屯村张忠银，职校毕业后去湖南张家界发展，月薪上万元。

职校教育确保雷山县学生入学一个都不少，职校生活也使贫困学生得到磨炼。

一位已经在贵州民族大学就读的曾经的职校学生，在互联网上发出帖子，讲述职校留给她的美好记忆："职校学生逆天了：昔日上不了高中，今日居然上本科！"她讲述自己的心路历程很真诚："我初中毕业就选择了职校，亲朋好友都不支持。在职校，我找到了新的起点，不再迷茫，有自己的目标，学到了很多东西。我能有今天，真要感谢职校！"

说起这几年雷山县为"控辍保学"费的心血，县扶贫办副主任罗力、县教科局招考中心主任李耀福和县教科局干部余明文都有一个共同的感觉：这是件变数很大的工作，只有动态管理才有效。实现动态管理，就意味着加倍的付出，加倍的艰辛。

2018年年底，一件不同一般的案子惊动了雷山县委书记、县长，惊动了县教科局和公安局。

2018年国庆期间，随改嫁的母亲、从凯里市三棵树镇转学到雷山岔河小学五年级读书的苗族女孩李玉九，突然"失踪"了。其实李玉九本是雷山朗德镇老猫村人。这次她随母回乡本就有些气，同妈妈大吵一架便离家出走。有关部门依据一些蛛丝马迹，研判出她的去向；2018年12月22日，终于在福建省晋江市找到了她，并让她重新入学。

　　父母出外打工，子女跟着出去。这批孩子的就学该不该管？雷山的态度很明确：走村入户，排查核实，一管到底。想留在当地的，一应材料准备齐全，配合家长让儿童就地入学；愿回家乡读书的，学校大门始终敞开。个别从外地嫁进来的女子，学龄期误了上学，也必须"回炉"。一些随父母外出的少年，已经进了当地工厂。不知跑了多少路，费了多大的劲，终于让他们重回课堂。186名分散在各地的雷山儿童都进了学校。老百姓感慨不已："这样抓教育扶贫可是来真的。"

雷山全县有2000多名留守儿童。关爱留守儿童，开展心理咨询，倡导亲情聊天，丰富校园文化，老师结对帮扶，都是有效的办法，但关键还是老师像爸爸妈妈一样对待留守儿童学生，把心交给他们，他们也会向你交心。

在雷山三小阳光儿童室，我们见到了一次这样的心灵碰撞。

2019年1月10日下午，学生们刚结束期末考试，一些人就急不可耐地跑进活动室。她们要与远在外省的父亲母亲视频聊天，孩子们知道爸爸妈妈也急着想知道自己的考试情况。

校长张德年、副校长杨秀娟、少先队大队部辅导员兼班主任张老师比学生们到得还早。他们想让留守儿童学生快些同远方的父母连上线。

五年级学生余建成，刚同在浙江义乌的爸爸连上线，那边大概正忙着什么事，又下线了。几位老师围在屏幕前帮着余建成继续连线，看她们神态，比学生还急。

同是五年级学生、妈妈也在义乌打工的余珍珍运气就好得多，她已经在屏幕上看到了妈妈的样子，听到了妈妈的声音。

妈妈："今天都考完了？感觉怎么样？"

余珍珍："还好吧。只是现在觉得没事干了，不知道该干些什么？只是想你！"

妈妈："考完休息一下，还是要看看书，不要到处跑！多学习点总是有好处。"

余珍珍："妈妈，你们啥时候回雷山来过年嘛？"

妈妈:"快了。十八号你爸爸开车回来。"

余珍珍:"真的想你们!不会让你们担心的。"

聊着聊着,从荧屏上看见,妈妈那边的贵州老乡都围过来,向余珍珍打招呼。

余珍珍这边,老师和学生也围了一圈。他们在分享余珍珍的幸福时光,在替珍珍高兴。

余珍珍说,我想爸爸妈妈,可我也爱老师,他们像我的父亲母亲。

在雷山县,我们看到了这样一段视频。

崎岖的山道上,几位教师走得气喘吁吁,脸上渗出汗滴。这是大塘镇小学的老师:陈尚芝、吴贵英、吴隆明、任如泉。他们正在去镇上鸡鸠村,送教上门。

特事特办,这些年雷山县100多名残疾儿童都入了学。但是因为生活无法自理等原因,还有些残疾儿童不能进学校。教育扶贫不允许丢下他们!24名教师承担起"送教上门"的特殊任务。

在县城里,我们见到了大塘小学校长李世荣和两位"送教上学"的女老师陈尚芝、吴贵英。陈尚芝、吴贵英共同帮扶鸡鸠村的脑瘫儿童杨晓东(化名)。10岁的孩子走不了路,怕生人,不愿与人交流。陈尚芝是4岁半孩子的妈妈,她用对自家孩子的耐心去对晓东。先从教他唱歌做起,渐渐让他对学习产生兴趣,慢慢掌握一些基本生活能力。看到杨晓东虽然口头无法表达,却用拉手、拥抱的方式表示对老师的欢迎和欢送,陈尚芝、吴贵英觉得自己做了一件了不起的事情。

大塘小学老师通过观看文娱光碟，培养残疾儿童肢体协调能力和语言协调能力；猫鼻岭小学老师制定计划，为残疾儿童送游戏上门；雷山县二中老师在为残疾儿童送家教的同时，也为父母送去家教，让他们参与到"送教上门"活动当中。我们无法一一见到这些老师，但却深深地被这些平凡人做的不平凡事所感动。我想，陈尚芝、吴贵英老师的心情，其实也代表了她们的心情。

雷山县抓教育脱贫"一个也不能少"，受到外界热切的关注，方方面面的支持也很给力。

为了确保雷山没有一个孩子因为贫困而辍学，黔东南州教育基金2018年专项资助130万元；贵州省建工集团，从2017年到2020年，每年资助1000万元，解决雷山贫困学生就学费用问题。

一些远在浙江的企业家，也伸出了倾情相援的手。

大家为的是实现一个共同的目标。

雷山县脱贫攻坚正要迎来一场严峻的"大考"：2019年3月，接收第三方评估。不管届时拿出怎样的答卷，教育扶贫，"一个都不能少"，都将是其中一抹引人注目的亮色。

2019年1月14日

» 要干，一辈子就干好一件事

2010年10月，侗族青年姚林的人生喜忧参半。

22岁的他，刚从铜仁学院中文系毕业不久，考取了凯里市三棵树镇镇政府的一个工作岗位。三棵树离他家乡玉屏县有些距离，而且分属两个不同的州市。可他的新工作既有规律，条件也不错。用姚林自己的话讲："就像块砖头，哪里需要哪里搬。只要你自觉自愿被搬，前景还是看好的。"这，当然算是"喜"。

那忧什么？一则姚林的爱人兼同学，在他家乡玉屏县田坪镇幼儿园就了业，得"两地分居"。二则新岗位新鲜劲一过，想干事的小伙子不得不想一个问题：在凯里，毕竟人生地不熟，"创业还是家乡好"，这话对自己是不是很有现实意义？

几度思考，几经反复，工作不到一年，姚林终于下决心"放弃"，回到了玉屏县田坪镇彰寨村，他的父母和爱人的身边。

姚林要走。三棵树镇的领导们好生诧异："人家要进这个圈子，费了九牛二虎之力也搞不定。你好不容易进了门，有了稳定工作，板凳没坐热，怎么又想出去？"

姚林要来。彰寨村的父老乡亲们更想不通内中的道理。"放着好好的工作不干，想回来弄哪门子把戏？"

姚林自己心里明白，他选了一条路，没有百分之百的把握，但有十足的吸引力。他要回到家乡来，成规模地养殖野鸡。

2019年1月22日，时隔8年，在玉屏县圆龙野山鸡养殖农民专业生产合作社，一处新建不久的养殖场里，理事长姚林，把这段人生故事讲得津津有味。

在凯里三棵树镇,姚林第一次看到了人工饲养的野鸡。

一户农民把捉到的几只花色斑斓的野鸡圈在一起。姚林随镇长去村里,农民告诉他们:"野鸡其实不难养。零下几十度、零上几十度都不怕,只要通风透气就不容易死。而且肉质好,在市场上很稀奇。"姚林动了心,一查资料,野鸡饲养在国内很普遍,不过大多数是厂棚式圈养。"彰寨村好山好水,这些年外出打工人多了,村里荒废的田土多,能不能试着闯放养野鸡的路?"

姚林放弃乡镇政府工作回乡创业,是冲着打造养殖野山鸡新模式来的。

2011年,他从湖南引进几百只七彩野山鸡苗,在家里一块荒田里放养,让爸爸妈妈看着,自己却到铜仁市一家大酒店去当了将近一年的销售部经理,其实就是去打探野山鸡市场需求的底细。

2012年,姚林决定放手一搏,扩大养殖场规模。2013年的一场大雪,给他的"野鸡梦"造成的打击始料未及。

因为筹款不易,他的厂房用材都是便宜货,全部被冰雪压垮,一些野鸡被压死,一些野鸡飞走了。这年年夜饭,姚林家吃得垂头丧气。家人劝他彻底放弃养殖野鸡计划:"莫搞了!再搞下去,家都让你整没得了。"

姚林不想放弃。他有底气。回忆几年前的往事,他说,这底气不是不讲道理的蛮打蛮拼,而是要搞清楚造成"飞来横祸"的原因。对症下药,解决问题。

在彰寨村发展野山鸡养殖业的初衷不就是要找出一条不同于厂棚饲养的新模式、新路子吗？在田土里养，当然比在厂棚里养进了一步。但田土地势低，容易积水，空气流通不理想，增加了野鸡患病和造成其他损失的概率。站高一步天地宽。把野山鸡养在山上，完完全全的林下放养，是不是个好主意？

一试，果然灵！把养殖场建在山上，地势高，干燥通风，而且有野山鸡喜欢啄食的沙粒，野山鸡在这里过得很惬意。

路选对了，姚林的野山鸡养殖业风生水起。他领头办起的玉屏县圆龙野山鸡养殖农民专业合作社，从2013年创办至今，迈过了几道坎，像雪球一样越滚越大。合作社在本镇和其他乡镇建立了五个分社，新建了18个养殖场，占地38000多平方米，放养野山鸡20000多只。仅在田坪镇，把荒山荒地变为生产用地，带动受益农户71户422人。用入股方式让村民分红，带动受益贫困户183户676人。

2019年1月22日，玉屏雨后放晴。

姚林带我们去看合作社放养的野山鸡。

几片山被塑料制成的大网罩住。网下面绿树依依，一群又一群色彩斑斓的雄野鸡和性格温顺的雌野鸡，欢快觅食，与山色树影相映成趣。养殖场中央广场上，一个木制的硕大观景台，人站过去，望得见近处山下的田畴、远处的村镇景象。养殖场网棚外，辟有简易公路，走在路上，就可以观赏到真实生活场景中的野山鸡。

姚林说,这里预伏着一盘发展乡村旅游的棋。

随着养殖规模越来越大,城里人可以到彰寨看到难得一见的野山鸡,或点杀,或带走,既满足好奇之心,又适应口腹之欲。合作社还准备有计划地养殖野兔、野猪,增加山里头的野趣。

有这样的计划,是因为因地制宜发展养殖业的路越走越清晰。

2017年,县委、县政府、县供销社、县农牧科技局、县网络经济局,都对始于彰寨的野山鸡养殖业投来关注的目光,田坪镇更是将其列入村集体经济发展项目,圆龙野山鸡养殖农民专业合作社建设初具规模。

供销社的介入为姚林拓开了一条新路。对口帮扶玉屏

的江苏太仓市供销社入股，前五年的分红分文不取，全力支持贫困户。各方合力，育雏基地、外围一栋栋厂房、库房、机房、药房拔地而起；道路建设、水电安装，一应到位。2018年，圆龙野山鸡养殖农民专业合作社一面扩容，一面生产，合作社收入还是达到了40多万元。

姚林追求的养殖新模式也初见端倪。外面的客商来圆龙野山鸡养殖农民专业合作社一看，果然是名副其实的林下放养的七彩野山鸡，同厂棚式放养的野鸡拉开了距离。

有了这些基础，姚林心中便有了更大的格局——

2019年，重点是把规模、产量搞上去。野山鸡数量达到20万只，净利润实现1000万元。产品不仅行销玉屏、铜仁、贵阳、江苏、广东等地，还要走向更大的市场，形成县里的一个大产业。

姚林对人说，我为什么把合作社取名叫"圆龙"？你看，大千世界，包括太阳、地球、月亮都是圆的。圆的领域很宽很广，再加一个"龙"字，就是希望它在野山鸡养殖业这个领域成为龙头。

姚林告诉我们，他有一个人生信条，一辈子选择干一件事，就一定要干到底；一辈子干一件事，就要在这个领域干成气候。

这些铁骨铮铮的话，有时需要用血和泪来诠释。

2017年8月的一天，姚林在方龙坡建新养殖场第6个厂棚时，突遭雷击。人被从3米多高的棚梁上击落在地，昏迷不醒。家人慌做一团，幸好弟弟有同学在凯里一家医院工作,他哭着与那位同学联系。同学在电话中一步步地教他们如何急救,这边不走样地照着操作。蒙眬中,姚林觉得自己整个人飘在空中,地上长满叫不上名字的野花。几分钟后,他人醒了,眼一睁开,看见爸爸含泪抱着他喊着自己的小名,自己也忍不住流泪。这时,他的下肢已经全部麻木。但第一口吸到的空气却无比清新,他说的第一句话是:"太好了!我又有了生命!有生命我就有本钱。"

不要人扶,他自己艰难地从地上爬起来。

雷击让他足足休整了几个月,但这几个月,合作社建设投入规模最大,效果最显著。

人被雷击,是个极端事件,不是每时每刻都会发生。发展野山鸡养殖业,最难的,却是每时每刻都要和陈旧的思想观念"斗"。

姚林发展野山鸡养殖业,用的都是村组集体山林。扩建场地时,百分之八九十的村民都不反对把这些荒山野地给他。"放着也是放着,变不出钱,租出去还有收益。"可养殖业效益渐显,少数人心里就不顺气,鼓动人反对再把山地租出去。"哪怕让山放烂了,也不能看他越赚越多。"

"我举一百次手赞成扶贫先要把人扶起来!"姚林由这些事联想到:扶贫模式是不是还有改善的余地?对于一些贫困者,一味地给钱或者单纯地慰问,反倒滋生了懒汉思想。"拿几百块钱给贫困户,有的人转身就拿去喝酒、请吃饭、打牌,用不了多久就折腾完了。不如送他们几百只野鸡苗,养大了我统一收购,养死养活,反倒会更加上心。贫困户一年能挣个五千上万元，我也能因此赚个几千元，帮了人家也有利自己这才是从根本上帮他们。"

姚林很想同县里、镇上有关领导交流一下看法。从今年下半年起，合作社计划向每个贫困户发放200只野鸡苗，社里从技术和经验上提供帮助，让贫困户通过自己的努力，去体验靠自己得来的成果和收益。扶贫攻坚，这才是帮扶到点子上。

理解姚林想法的人渐渐多了起来。

63岁的村民姚祖良，是彰寨村杉木湾村民组组长。早前，他反对姚林养殖野鸡，对租用集体山林搞养殖业也有异议。现在，却是绝对的"赞成派"。

他数着指头算了一下圆龙野山鸡养殖农民专业合作社带来的好处：一是让原来的荒山荒地派上了用场，生出了钱，让大家开了眼界。二是合作社租了集体的山地，壮大了集体经济，增加了大家的收入，村民还可以就近打工。三是贫困户通过入股得到分红收益。"你说办起了养殖场，我们思想没变，那是假的。"

姚祖良说起这话时，我们注意看了看周围的民居，村里传统的民房不算多了，一栋栋城市风格的新楼已经建成或者正在建造。他说完话，还邀约几个老人，说要上山，去野山鸡养殖场玩玩转转，"那里像个公园"。

把野山鸡养殖发展成一个大产业，姚林还绕不开另一个难题，破解起来更不易。

销售活野鸡，在圆龙野山鸡养殖农民专业合作社产品销量中占90%以上，主要通过快递形式销售。重大动物疫情会导致无法实现鲜活野鸡快递，城市对禽类宰杀也有严格规定，而野山鸡体型偏小，杀成白条鸡，卖相不如家鸡，会影响销售。要形成大产业，不迈过这些坎不行。怎么迈过去？必须从长计议，好好研究，寻找产业发展的路子。

2019年1月23日

» 小山村里的"标志性事件"

一年多以前,认识了石阡县委宣传部部长杨玲,一位办事风风火火的女干部。

今年春节刚过,我在手机上联系去石阡走访脱贫攻坚的事。她发来一条微信:"河坝镇美星村就很好!群众在村口树起一块牌子:脏车严禁进村。很有意思!群众自治。"还发来一张河坝镇镇长柴进的电子名片。那意思是说,欢迎来石阡。可到了石阡,先别急着上县城,柴镇长会带着你们去美星村。

2019年2月20日中午,车在高速公路余庆站停下,从贵阳赶去的我们,见到了柴进。

我们有些诧异:明明是去铜仁市的石阡,咋要在遵义地界的余庆见面?柴进镇长连忙解释,河坝镇在石阡要算最边远的乡镇,离自家县城远,足足87公里;距余庆县城近,只有45公里。而准备要去的美星村,离石阡县城就有100公里的路了。之所以从余庆走,是"抄近道"。

车上路了。想想杨玲的微信和柴进的话，脑子里又有了新的诧异：只见过"脏车严禁进城"的牌子，那块"脏车严禁进村"的牌子，怎的就会被立在一个如此偏远的小山村里？立牌子的那帮村民，当时该是什么样的心境？

从河坝镇到美星村，在十多公里的通村公路上走，有些像坐"过山车"的感觉。

那蜿蜿蜒蜒的水泥路，车顺着它陡陡地上到峰顶，到了最高处，又曲曲弯弯往下盘，像是个倒扣的"U"型。上行、下行，都有路段挂在峭壁上，显然是从石头里凿出来的。在高处一望，撒在山窝窝里的农舍田畴隐约可见。美星，就是个嵌在大山深处的小村。

峰顶，也就是美星村村口。果然，有一块红底白字的大铁牌立在路边，"脏车严禁进村"几个大字格外打眼。

离铁牌不远，是我们进村看到的第一家农舍，只见院坝里拉着水管，放着水盆水桶。柴进说，这是村民们自办的洗车点，不但自家车要勤洗，还免费帮人洗。在共有184户人家的美星村3个村民组里，像这样的洗车点，每组都有三四家。"不准脏车进村，群众是来真的！"

美星村的农舍因地势而建，散落在高高低低的坡坎上。大大小小、宽宽窄窄的通组路、串户路也都顺了屋势，像树上发出的粗粗细细的枝条，丫丫杈杈地通往家家户户。不管道路怎样起起伏伏，都一律是硬化路面，一律能用两个字形容：干净！路面上见不着垃圾杂物，农家院落里没有农村常见的鸡鸣犬吠场景，猪牛鸡都实现了圈养。走近一些养殖大户家，竟也闻不出什么异味，猪粪便要及时清洗，混合饲料被装进一排塑料大桶，还加上盖子，那意图当然是为了不破坏空气的清新。

美星村的农舍也有特点。大多数还是黑瓦木墙的老屋，不如有些地方新建的农舍那般气派。但推门进去，倒有老瓶装新酒的感觉。不少人家添置了新款家具，用了新型装修材料，厨房、厕所经过改造，即便还在使用柴火，屋外的柴木垛也码放得整整齐齐。在偏远小村农舍间穿行，你能在纯朴自然的原生态中，感受到现代文明之风的拂动。

柴进镇长说，这几年，石阡县以脱贫攻坚统筹经济社会发展全局，经济的变化必然带来群众观念的变化，观念的变化又反推生产方式、生活方式的变化。改变经济发展模式，改善村民生活条件，农村群众的自主意识越来越强，正在经历从"要我干"到"我要干"的蜕变。基层党政干部、驻村干部、村"两委"干部，一个重要责任，就是保护和倡扬群众的自主意识，因势利导，一步步地激发他们的内生动力。这，是"扶贫先扶志"的一个重要抓手。

2015年前，美星村没有一条硬化路，上河坝镇赶场要走两个多小时，而且真是晴天一身汗、雨天一身泥。山里货出不去，城里的工业品难进来，手里没有钱，土里刨食不一定保证温饱，跟城里人比，美星村人说话就觉得缺了底气。

扶贫攻坚风劲吹，美星村变化翻天覆地。

3年时间修建全部硬化的通村通组公路20公里、串户路2.5万平方米。改厨改厕改电改水惠及每个家庭。看着这些鲜活的身边事，村民心态发生了巨大变化。越来越多的村里人走出去，接触城市生活，美星人越来越爱拿自己现在的生活环境、生活方式与城里人对比。村民聚首，驻村干部随口几句话，就能撩拨起一番热议："平时我们进城，都要把衣服穿干净点、漂亮点，那是觉得城里人比我们过得爽气，要随他们。现在农村的日子天天像过年，生产生活环境越来越好，为什么不让城里人反过来羡慕我们呢？"大家都觉得这问题问得挺在理。柴进镇长常去美星村，他爱说的一席话也让不少村民记在心里："城里人不要以生活优越的身份自居，他那里空气环境就不如农村；

农村人也不要像低人一等似的自卑，脱贫攻坚、乡村振兴，就是要让乡村成为城里人向往的地方！"

"美星村的美好环境，每个美星人都要自觉珍惜。"看见脏车，特别是载货脏车时常在村里进出，一些村民就有了说道："城市进口就立着'脏车严禁进城'的牌子，那是为了保护城里的美。莫非美星村就不该保护乡村的美？我们敢不敢立'脏车严禁进村'的牌子？"

立这块牌子，农村确实少见，显然是在吃螃蟹。柴进和驻村干部、村两委干部反复合计，不含糊地表了态：这螃蟹我们吃定了！

2018年12月15日，柴进带着村干部、村民组长、村民代表十多人，在村口立起了"脏车严禁进村"的铁牌。牌子立起来，大家一起在牌前照了相。柴进形容当时的情景："上山时，大家都信心满满。牌子立起来，下山时，大家的神情又都很凝重。"

神情凝重，是感受到了责任压在肩上的分量。

在美星村，我走访了当时树这块牌子的一些当事者，说起心里那份纠结，他们至今掩不住感慨："这牌子就是全村人把日子越过越好的承诺！不能今天立了，明天自己取下来或者由别人取下，美星人丢不起这个脸。""立起这块牌子，一半是给美星村带来荣誉感，一半是重重的责任感。"

村党支部、村委会团拢村民，把怎样让"脏车严禁进村"牌子不白立、不空立、不虚立，作为群众自治一事一议的重点。

村民组长串家走户，挨家讨论咋个抓落实。

村民代表反复宣传：让大家受益的事，得大家齐心来干。

众人拾柴火焰高。果然，"脏车严禁进村"令行禁止。村民自家车脏了，不洗干净都不好意思进村出村；外面脏车来了，要么进村洗了再走，要么干脆掉头离开。

美星村党支部书记书张再刚、村委会主任吴孝益有个共同感觉：村里人都把村里事当自家的事来想、来办、来投入，再难的事也不难。

过去，打造美星村美好形象，村里人当作上面派发的任务，出力不一定上心。现在，大家都觉得干不干得好、干成什么样，与自己的生活息息相关。

20公里的通村、通组路，延伸到每个农家的串户路，不用招呼，不要报酬，村民都是义务保洁员。

一户村民，生活习惯懒散，爱人又有残疾，家里卫生状况与周围人家形成鲜明对比。村民组每户出一个代表，二三十人一起走进他家，七手八脚地进行"大扫除"。一些伶牙俐齿的妇女，还就眼前情景编成说词歌谣，既有批评又有提醒和希望。看着、听着，主人家一阵脸红，从此把保持家庭卫生当成一件大事来办。

石阡县里不少到过美星村的干部，都有一个趋同的印象：清洁卫生文明，已经成了村民的"自主"行动。不用事前打招呼做安排，这个村可以随时开门迎检。一些曾经家里"脏、乱、差"的村民，看到周围团转人家生活越来越美越来越好,深感自己不变和大家生活下去都困难。他们的变,是发自内心的变。

讲文明怎样从"自在"到"自为"?创造美好环境如何由被动变主动?要看基层干部下的真功夫。

在美星村村支两委办公室门前场坝,立着"村规民约牌"。二十八条村规民约,条条同村民利益相关。在公路两旁、人行道上堆放杂物,向河道乱扔垃圾,拍卖珍贵树种,破坏古树风景树,不善待老人和儿童,实施家庭暴力,乱办滥办酒席,都要受到相应的批评教育和经济处罚。定了规矩就要不走样地执行,村里至今没有"网开一面"的先例。但光有规矩还会"跛脚",沟通和理解同样重要或者更重要。

张再刚、吴孝益都有体会,拿着上面的指示、要求去照本宣科,开再多的会,串再多的门,往往收效甚微。会

开多了，话说多了，人家心不在焉，甚至还会滋生出一些反感情绪。换个角度，变种方法，找准办这桩事与群众利益的联系点，"响鼓不用重锤敲"，大家会自觉自愿去办。

几年前，在脱贫攻坚过程中抓美星村环境整治，少数村民说起了风凉话："环境好不好，只关系到干部任务完成的好坏，与我们有什么关系？"村里因此改变宣传发动的内容和形式。"搞好环境卫生只是为了迎接检查吗？不是！环境好了有什么好处？个人健康，家庭快乐，不用怕因病返贫，大家都受益。""过去为什么村里家家都有把笕子，那是好多人头上都在长虱子。这样的形象，别说去谈发展了，人家见你也是避之不及。"村民听着先是不好意思地暗笑，渐渐就想清了很多道理。

美星村驻村干部和村干部都爱说破窗效应。用村民的话讲，是"你们在干，我们在看"。干部们自己的解释是："我们带头干才有说服力。"走访美星村，我结识了县公安局办公室主任方毅、驻村干部黎启友、吴孝伦，镇党政办干部、省委组织部选调生唐红琼。他们在美星村的日日夜夜里，各有各的故事，各有各的欢乐和忧虑，但有一个共同点，就是无怨无悔地把自己的时间和精力，交给了村里和村里的人。他们知道，自己的干，会带动村民的干，进而转化成村民自觉自愿的干。

柴进镇长是个喜欢思考的人。我们谈起脱贫攻坚取得历史性成就的同时，也忧虑在局部地方、特定时段出现发人深省的现象：等、靠、要的懒汉思想，斤斤计较的平均主义意识，以及不该出现的一些怪事。柴进对此有自己的看法：扶贫攻坚是一场涉及面很广的农村社会变革，不可避免地会涉及思想观念问题。哪个地方群众真正意识到自己是改变农村面貌的主体，迸发出澎湃的内生动力，哪个地方在脱贫攻坚过程中的精神状态就更加昂扬向上。从这个角度看，美星村民树起"脏车严禁进村"的标牌，是一个标志性事件，后面的故事很多，启示意义远大于立牌本身。

离开美星村，车到村口，我叫车放慢些速度，想再看看"脏车严禁进村"的牌子。果然，美星村的人和事很有意思。正是春寒料峭时，却没有挡住我心中思索的涟漪迭起。

2019年2月25日

》"说春"说出新境界

时值"立春",山野村落,寒意尚未全然褪尽。

村道上,那几个头戴古装官帽,身着蓝色袍装,边走边唱,为村里人带来热闹气氛的人是谁?

他们叫"春官",据说这职业源自唐朝。

每年"立春"前后二十天,是"春官"最忙的时节。他们要跋山涉水,走村串寨去"说春"。"说春",就是用说唱形式,给家家户户送上新春的祝福;通俗易懂地讲解二十四节气,劝农惜时奋力,不误春播秋收。除了劝农,"说春"还生动地讲说历史、天文、地理。说词可以根据眼前物事转换,见子打子,即景生情。作为传统农耕文化的生动载体,"说春"颇受农家欢迎。

绵延千百年,"说春"的魅力早已超越它的起源地贵州石阡县。中国农历二十四节气入选世界非物质文化遗产名录,"说春"成为其扩展内容。

2019年2月21日,在石阡县花桥镇坡背村,见着了"说

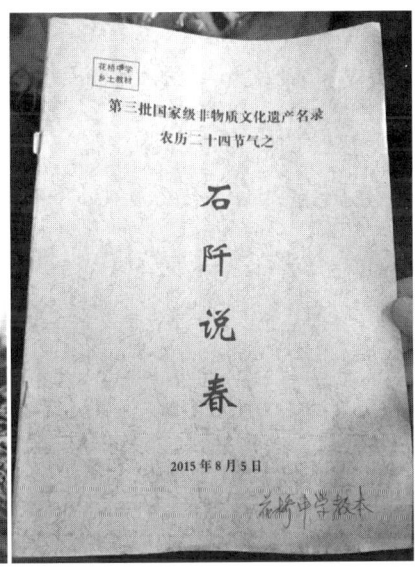

春"遗产国家级传承人、69岁的封万明。

几十年来,他年年自己动手刻制内容不同的"春帖"散发,年年在石阡和三穗、玉屏、镇远、岑巩等县"说春"。见我们兴趣蛮大,封万明着装去老宅演示了"说春"的整个过程。

看封万明就着木雕版刷制出一张张大红的"春帖",听着他含情吟唱"正月里来是新年,先生提笔贺新春。大家玩耍这个月,不犁山土要犁田。""四月里来栽秧忙,小麦青来大麦黄。快把农活赶紧做,莫到忙时两头忙。""八月里来白露忙,满田满坝谷斗响。收了谷子要犁田,恐防老天要回霜。"眼前浮现出四季里农人辛勤劳作的场面,这些看似普通其实十分凝练厚重的说词,确实有一种能够感染人的力量。

领我们上家找到封万明老人的花桥镇党委副书记朱良

德,说话间有感慨也有思考。

"'说春'是民俗文化的一块活化石。有这样的宝贝,是石阡的福气。可怎样传承它,有两种思路。一是强调保持原汁原味,这些年来县里镇里确实为此想了不少办法。二是在保持原生态前提下,适当充实现实内容,这样更能为年轻一些的人所接受,传承遗产更容易有新的推力。如此一来,化石不就变活了?打脱贫攻坚战,宣传动员农民群众,在这个过程中,我们对后一点的感悟正在深化。"

50岁的"说春"遗产省级传承人包正明,近两年来的创新性传承活动,为朱良德这番话做了印证。

2017年底,党的十九大召开不久,坡背村一户农家宽敞的院坝里,一场别开生面的"说春"会正在举行。包正明的说词"老瓶装新酒",用令人耳目一新的形式,宣传十九大精神:"……两免一补进学校,农村医保惠民生。以人为本核心路,全面小康要求新。特色道路坚持走,全国上下一条心。"围坐在院里的乡亲们一听来了劲:还是那熟悉的韵律,还是那流传了多少年的一招一式,这"春官"的说词咋听起来这么好懂,这么贴心?一些村民听了"说春",议论开了:"十九大想着老百姓。保持土地承包关系稳定,还要长久不变。第二轮土地承包到期后再延长三十年。农村教育要均衡发展。这些话,听报告,听文件,我们一时还不一定全整得明白,'说春'词浅道理深,我们爱听!"

进入精准脱贫阶段,包正明的"说春"新词又派上了用场。

"中国走进新世纪，重心工作抓脱贫。攻坚战略及时雨，扶贫战鼓起雷霆。措施有力干劲足，万名干部下基层。吃住都在农户家，帮扶落实到个人。聚精会神谋发展，一心一意战贫困。基础设施变化大，幸福指数在提升。撸起袖子加油干，全民同心拔穷根。"

对于文化生活相对贫乏的农民，这种着古装、唱新词的表演形式很接地气。在心情欢愉的同时，不知不觉间就接受了一次政策教育。

一些基层干部在反思：为什么平常宣传政策，做群众思想工作，苦口婆心，倾力而为，却收不到这样事半功倍的效果？甚至有时大家是明开会暗走神，对干部反复讲的话不大感兴趣？看来根子还在宣传的形式和方法：是不是群众喜闻乐见？怎样拉近与群众的距离？如何使宣传的内容入脑入心？

其实，引发他们思考的新现象，正是县里领导层反思后拟定的新思路的践行结果。

石阡县历史文化底蕴丰厚，拥有多项世界级、国家级、省级非物质文化遗产。县里的要求很明确：传承传统文化必须同现实工作紧密结合，与时代精神契合。只有为群众喜爱，被群众接受，才能更好地传承。在保持原貌基础上，适时适度地为类似"说春"这样的民俗表演形式增添新内容，成为脱贫攻坚过程中石阡县宣传文化系统主抓的一项重头工作。组织人员编写"说春"新说词，举办多种赛事，气氛声势渐渐形成。

花桥镇花桥村85岁的付正贵，是国家级非物质文化遗产石阡木偶戏传承人。以他家几个叔伯兄弟为核心，曾经把这种独特的木偶表演做到风生水起。随着年事渐高，虽然现在花桥小学办起了"石阡木偶戏兴趣小组"，县民族中学也将其列入传承教学项目，但他有自己的忧虑：演好石阡木偶戏讲究个"七紧八松九合龙"，就是说这是个分工十分明确、需要众人合力完成的事。老人担忧现在会演木偶戏的人越来越少了，保持演历史故事、历史人物的特色都难，恐怕再难有精力去考虑"出新"的事了。

听我们转述老人的忧虑，石阡县委宣传部的同志笑了。他们说，这种"难"，现在正在破局。

今年正月十四，县里在易地搬迁扶贫点举办庆元宵联

欢活动，主打文艺节目就是石阡木偶戏。县供电局到贫困乡村帮扶的攻坚队员克服困难为贫困户通电的故事，被编成木偶戏，演出效果出人意料。群众说，讲的是真人真事，可用木偶演，比真人演的还有意思。从手机视频看，那些木偶果然是现代造型，配音讲的都是群众身边的事，这样的表演，当然会别开生面，引发观众的感动和笑声。

石阡县委宣传部部长杨玲认为，在整个脱贫攻坚过程中，宣传部门承担着"排头兵"的责任。追求宣传工作的有效性，一直处于"探索、前进、再前进、再探索"状态中。有效地抓宣传和思想工作，在石阡有个"接三气"的说法。

搞宣传一定要"接地气"。宣传的内容要与群众生活息息相关，要考虑群众能不能接受、会不会赞同。必须要"接人气"。政策的导向、工作的大局是宣传的重点，但宣传的形式要为老百姓喜闻乐见。得学会"接天气"。配合阶段性的任务，满足大环境的要求，做到主题鲜明，高潮迭起。目的都是为了"有效"。

传承传统文化与推进现实工作相结合，是"接三气"理念的具体化。而在石阡县，这样追求宣传和思想工作有效性的事又不止一例两例。

脱贫攻坚，不仅仅是要改写一串经济指标，精神脱贫有时候更重要。县里提出加强家庭家教家风建设，厚植文化根脉，培育文明乡风，为脱贫攻坚提供精神支撑。欲取实效，就存在"村看村，户看户，群众看干部"的问题。

县脱贫攻坚指挥部认定,与其全面铺开,不如抓住"关键少数",从而带动更多人,激发群众内生动力。

名为"八个一"的孝老敬亲活动在全县干部职工中展开。这"八个一",既包括政治意味较浓的"宣讲一次政策",又有人情味十足的"开展一次谈心""修缮一次房屋""清洗一次衣物""吃一次团圆饭"等。和父母、长辈谈心,是要听听他们的心里话,了解他们的身体和生活情况,同时也介绍自己的工作生活情况,求得有力的亲情支持。不少干部职工平时顾家就不多,更别说照顾长辈。找机会与父母一道清洗衣物,让他们穿戴整齐干净,既提升了老人的颜值,又让自己的情感得到慰藉。与家人一道做饭做菜,彼此都能感受和谐快乐的气氛。这时候,"有国才有家"的道理不言自明。

做到"八个一"不算太难,做好"八个一"就需要尽心尽力。干部职工投入"八个一"活动,再去向群众宣传文明建设在脱贫攻坚中的重要性,更加有理有据,而且自我感觉增强了说服力。群众眼里的干部职工,也变得格外有血有肉,榜样的力量无穷,"他们能干成的事,我们为什么不能?"

这些年,有些"会"开得让人头痛。在石阡县脱贫攻坚战场上,会议却被开得水起风生。

驻村干部、扶贫攻坚队员走进贫困人家,挨家挨户开家庭会。问一问现在的生产生活情况,该享受的政策享受到没有,还有哪些需要自己帮助做的事情?会议开罢,贫困户觉得暖心，干部对下步往哪使劲心知肚明。

帮扶干部和村民群众开联心会。联心会要安排聚餐，而费用则由干部自掏腰包。见干部这样贴心贴肺，村里有什么事，自己心里有什么疙瘩，群众也不愿藏着掖着。心连心了，接着就是大家一起使劲。

村村开文化会。扶贫攻坚队员集体亮相，逐一自我介绍，让老百姓知道来了哪些干部，他们都在干什么？攻坚队长整体介绍工作思路和步骤，当然还要宣传相关政策。村民也被请上舞台讲话。其乐融融中，上演的文艺节目寓教于乐，很受欢迎。最后大家一起高歌《团结就是力量》《没有共产党就没有新中国》，这就是一片真挚的心声。

有人说，石阡把脱贫攻坚过程中的宣传和思想工作做"活"了。我倒以为，用"实"和"活"两个字来概括比较合适。根据对象的实际心理、实际习惯、实际需求，确定面向实际，追求实效的工作思路、工作方式和工作方法，最后走进了"活"的境界。

2019年2月26日

» 心底泛出的"红茶香"

林荣峰是福建省宁德市福安市人。宁德本来就是个近海的地方。虽然这些年他把根扎在了贵州，但跑生意要闯荡东西南北，因此，见海的机会也多。

他岳父岳母就不一样了。

他们大半辈子都生活在大山里的贵州省凤冈县，天生同海还没有缘分。有了这个"海边"来的女婿，一句话说了好多回：想去台湾做次旅游，去台湾能见着海。

让岳父岳母了却心愿，成了林荣峰挂在心头的大事。

今年春节快到了，他同岳父岳母商量："中国有海的地方多了。我陪你们去趟海南吧，那里的海也好美的！"

作为贵州钾天下茶业有限公司创始人、贵州石阡楼上楼苔茶文化馆馆主，32岁的林荣峰在海南省海口市开着分店。他想春节期间陪着岳父岳母去海南看海，顺道也实地了解石阡苔茶在那边的营销情况。

"好！要得，听你的。"

于是，猪年春节，林荣峰一家开始了海南之旅。

海浪滔滔,椰风依依,驱车环岛游,听着岳父岳母发自内心的笑声,林荣峰也陶醉了。

海鸥搏击着风浪翻飞,林荣峰梳理着这些年自己与石阡苔茶的甜酸苦辣,他觉得自己有些像这些鸥鸟,努力了,那欢快的鸣叫,那扑闪的羽翼,都能让人联想到"自信""成就感"这些话语。

2007年,20岁左右的林荣峰,营销消防器材到了铜仁市,与石阡苔茶不期而遇。

"这茶还行?"

"我觉得可以,这茶让我想起家乡茶园的味道。"

"那干脆我们直接上茶园看看?"

请林荣峰品石阡苔茶的铜仁市一位领导同志,带着他去了石阡。

苔茶是石阡县的特有资源。县里想依托它做成一个有竞争力的大产业。有了这个产业,能带动一大批农民脱贫,全县经济发展也会增强推力。"招商引资、发展产业",正是石阡的热门话题,市里那位领导把林荣峰带到石阡,本有此意。

石阡温泉古已有名,石阡苔茶沁人心脾。在石阡,泡温泉、品苔茶是一种生活方式。苔茶植株和茶叶形状颜色,都让林荣峰生出熟悉感和亲切感。

林荣峰老家福建宁德是茶叶之乡。他从小看着茶树长大,帮着父母、长辈在茶园干过活,也去做过茶叶买卖生意。"石阡这边的茶树茶叶,同家乡做的'大红袍''金骏眉'的原料很相似，苔茶有条件做出顶级红茶！"

能不能把在石阡做茶当作自己一生中的大事？林荣峰用一桩桩事实说服自己。

石阡茶历史悠久，穿县城而过的龙川河曾是黔东物资集散的重要通道，茶叶贸易占很大比重。石阡温泉文化也由来已久，旧时文化娱乐活动不够丰富，百姓活忙完了，饭吃过了，泡完温泉，再喝上几碗茶，就直个说"安逸"。至今，饭前饭后喝茶，还是当地一项民俗，再边远的地方都依这个规矩。石阡不仅有温泉，茶也是一个让人骄傲的文化符号。

石阡的风土人情打动了林荣峰。石阡发展茶产业的热情让林荣峰有了底气。来不来？干不干？他做出了抉择。

相比决定留下来，留下来之后的路更难走。

一旦深入进去，问题就一个个露头。

林荣峰很快发现，石阡虽然茶资源丰富，但从种植、加工到销售，整体都比福建落后不少。种茶的农民，很多并不懂茶，连品种都分不清，更别说品种概念了。加工茶的企业不少，可规模小、技术力量不强是通病。2006年起，石阡大力发展茶产业，出台了不少政策，包括退山还茶，包括干部可以停薪留职种茶。干部群众都迸发出空前的积极性，茶园面积规模增长迅速。但在喜的同时也有忧：采购进来的茶树品种很杂，为茶品制作带来后患。

2008年，林荣峰引进一名在福建小有名气的制茶老师傅来石阡做茶。老师傅在石阡呆了七八个月，临走时丢下一句话："这里的老百姓太可怜了！"他说的是当年种下了一些价值不高的茶树品种，而杂的品种是做不出好茶的，种的数量再多，种的时间再长，没价值还是没价值。这位制茶师傅对石阡茶到底能走多远心中没底，也不寄太大希望。

一心要把做石阡茶当成人生大事的林荣峰，结结实实地挨了当头一棒。但他不愿意这次人生创业成为云上花、水中月。"品种杂，已是现状，无法改变。但通过加工技术、制作方法，就不可以改变现状？就不能做出石阡茶价值来吗？"

这期间艰难险阻多了去，几年过后，专家再品石阡茶，都有"真是好茶"的同感。

石阡茶从此要走进万紫千红的春天？且慢！

2019年2月22日，一直在跑市场的林荣峰，在贵州饭店附近一家与他合作的茶馆里，同我们细谈自己这些年来的感悟和实践。有时欢笑，有时沉思，但始终露出自信的眼神。

市场相信品牌，也相信经验，甚至相信消费者的习惯。消费者不熟悉的东西，心里面认可了，但在市场上不会出现趋之若鹜的局面。

林荣峰发现，花很大力气去攻技术关，而忽略了市场因素，对市场没有深入了解，千辛万苦做出来的产品，不符合市场上的大众需求，不顺应大众消费心理和消费习惯。这正是石阡茶拓展市场必须解决的"盲点"，更是做好石阡茶的加力点。

2012年起，林荣峰几乎跑遍了全国知名的茶叶批发市场，目的只有一个：了解国内茶叶销售大方向，为未来十年的石阡茶明确发展方向。同时，也对石阡大力发展茶产业以来种植面积、生产品种、加工工艺等方面情况分析汇总，逐步明晰自己做石阡茶的"定位"。

——把做"好"红茶作为主打方向。

他向市、县领导和有关部门反复阐释自己的观点：做绿茶，前面有无数难以翻越的大山。千百年来传承影响，一些品牌已经深入人心，消费心理根深蒂固；人家承认你茶好，但就是卖不出数量卖不出好价钱。况且，绿茶受保质期短等因素局限，应付变化万端的市场，在时间上也不占优势。

而红茶则不然。红茶虽然也有许多深入人心的品牌，但福建是红茶之乡，福建技术加石阡品质，有望做出顶级红茶。红茶存放时间长，能为石阡茶适应市场变化、提升茶品质量、理顺运销体系提供更广阔的时间和空间。把红茶做好了，升值空间大于绿茶。

两相权衡，红茶优于绿茶。生产经营石阡红茶，从此就是林荣峰做茶企业的重中之重。

——把做吃着安全放心的茶，作为石阡茶的招牌。

林荣峰常跑北上广深，他知道食品安全概念在那些地方是真正深入人心。"为什么宁愿花贵上几倍几十倍的价钱去买生态蔬菜？就是有个不放心心理。"

他认为纯天然、无化肥、无污染，正是石阡茶该打而且打得赢的一张牌。

"钾天下"生产的每批茶叶，必须经过全球最大的第三方检测机构SGS（瑞士通用公证行）检验。国标规定茶产品要经过48项检测，而石阡茶却按欧盟标准，要过98道检测关。检测结果不遮不掩地写在包装上，让消费者明明白白，吃下"定心丸"，这在全国不少知名红茶产品中十分少见。

　　林荣峰常说，茶产品到底安不安全，看不见、闻不出，甚至喝不出。用权威的检验标准说话，加上原产地原生态优势宣传，得法得力，久而久之，也会形成一种新的消费心理和习惯。石阡茶需要这样的心理和习惯。

　　他妻子怀二胎已经5个月，5个月中从未停止喝石阡茶，这也成为林荣峰宣传石阡茶安全放心的活广告。林荣峰说："为什么要讲供给侧结构性改革？就是生产者要摸透消费者的心理。我老婆怀孕都敢喝石阡茶，这对担心食品安全的消费者心理该有多大冲击！"

茶产业牵涉面很广，集农业、工业、商业多行业为一体。林荣峰吃过"见子打子""按下葫芦浮起瓢"的亏，决心把石阡茶做成个"全链条"。

石阡茶农一年只采一季茶，从源头上影响了茶产业发展。林荣峰的企业提供资金支持，要求茶农不受季节影响，一年四季都有原料下树。他们把汤山镇城关村帮扶建成这样的原料采集地，2017年全村成功实现脱贫。目前，又在聚风乡、甘溪乡开展试点。石阡涉茶农户5万人以上，这些试点就是要通过种茶把农民带富。

根据市场调查结果，把县内林林总总的茶叶加工企业，改造成按统一要求生产的初级加工厂。为每个生产厂家在原有基础上，增加10%的利润提取，保证大规模发展茶产业的收料动力。

砍掉茶叶销售的中间商环节，企业自身变成了中间服务商。获取的利润又反哺生产、加工环节。种茶农民茶叶收购价提高50%。加工企业根据规模大小得到相应补贴。各方积极性调动起来了，就好下活石阡茶这盘棋。

林荣峰做石阡茶，代表产品是"红茶饼"。林荣峰觉得它代表了中国红茶的一个亮点，只要用心做，完全可能与"铁观音""安化黑茶"并驾齐驱。

在楼上楼石阡苔茶文化馆，我们见过这"红茶饼"。

"红茶饼"重365克，创意者说好像手上握着三支矢，箭箭都要射中消费心理这个"的"：饼重365克，意味着一年之中天天喝好茶，有很强的象征性；因为具有独一无二品质，给人送礼拿得出手；由于个性鲜明，有可能成为收藏者的新宠。

石阡"红茶饼"去年产量一万多饼，今年增到十万饼以上。林荣峰心里有底：石阡茶在当地山灵水秀基础上融合进若干现代安全营养要素，算得上天之骄品。再加上不求价高、只求质高的营销策略，在性价比上占据了高点，是有条件在茶叶市场上红火起来的。

一个32岁的福建茶商，正在石阡书写着一段关于茶叶的传奇。

在脱贫攻坚过程中，省内不少地方茶叶种植面积不断扩大，茶叶加工企业似雨后春笋，茶叶品牌如过江之鲫，但与省外茶品相较，整体上竞争力还是显弱。林荣峰是不是在用他的实践告诉我们，规模、能力不真正与市场结合起来，打造品牌不因时适势去适应消费心理和消费趋势，恐怕永远站不上创造辉煌的高地。

2019年2月27日

» 刘春的情怀：三个多一点

丰元海年过四十还没娶上媳妇。

他家住在惠水县好花红镇翁金村翁金组，那是个大山里的小村落。

村里常年缺水。田土刨开上面薄薄一层，下面全是黄泥地，当地人喊做"钢嘴泥"。这种土地勉强能种点苞谷，却难保证吃饱肚子，谁家女儿愿往这里嫁？

翁金自然条件差，丰元海家庭条件更差。

老人家上了年纪。自己小学三年级都没上完出去打工找不到好活干。活着都难，找老婆成家只能"免提"。

2015年，传出翁金村的贫困户要整体搬迁的消息。

2015年7月间，村里组织搬迁户，到距县城不远的明田新村参观。明田新村是惠水县易地扶贫搬迁的统一安置点。2015年12月2日，全省易地扶贫搬迁工程奠基仪式在这里举行。工程分期推进，目标是接纳4000多户从深山里搬出的贫困农民。

新村里楼房鳞次栉比，居住环境与穷山村全然不同。这一切，让丰元海怦然心动。

可一起去参观的乡亲们一声接一声的议论，又引发他的共鸣。

"房子倒是看着漂亮，但我们连地都没了，住在这里咋个找饭吃？"

矛盾，郁闷，丰元海的压力好大。用他自己的话说："比山还重！"

一个月后，一次别开生面的培训让他解开心结。

培训班办在离明田新村不远的贵州长田国际家具产业城。产业城根据县移民局提供的名单，通过培训，让搬迁进城的贫困农民看到更宽广的生活道路。

培训班上，产业城董事长刘春的一席话，丰元海和他的村民伙伴，都觉得是这位女"老板"在同他们面对面谈心。

"你们搬来了，我们从此就是一家人！今后能不能在这里生活下去，日子会不会越过越好？关键是你们自己要有信心，要有干劲。我们产业城，现在条件还在逐步完善，吃不吃得好，住不住得好，那都是暂时现象。别浪费了培训时间，只要一技在身，就再不会受穷。在哪里学技术，你们可以选择，但长田国际家具产业城永远向你们敞开大门！"

刘春给丰元海指了一条路。

丰元海暗下决心。

培训班里有来自广东、四川、重庆家具行业的专家老师上课，讲理论、教技术，也教搬迁户们怎样做有志气的人。

生产、安装是家具行业里的技术活。可丰元海进了产业城，就一直在干搬运。"我知道自己文化低，不去和大家抢岗位。但也不能满足于简单的搬运，这样怎么说得上一技在身？"利用各种机会，他学习家具知识，掌握握拆分安装的技巧。

一次，产业城家具要上贵阳会展城参加展销会。丰元海带着他的班组，风尘仆仆地把散件运到贵阳，又马不停蹄地现场组装，不误展期还确保质量。拿到刘春董事长发给每个人200元加班费，他反倒不好意思起来："这也值得夸奖？我本来就想通过努力，让自己一专多能。"

住在像城市一样的明田新村，人在产业城上班，每月工资3000多元。生活稳定了，幸福就来敲门。

2018年，42岁的单身汉丰元海与摆金镇党古村人韦成线结婚。丰元海很珍惜这段姻缘。他说："搬迁给我带来很多想不到的高兴。高高兴兴就近上班，高高兴兴下班回家，天天见得到老婆、娃娃、老人，还有啥子能和这比嘛！"

在贵州长田国际家具产业城，300多位就业的搬迁贫困户家庭成员，各有各的故事，但都能在朴实中显出闪光之点。

55岁的断杉镇抵塘村人姚小银，2017年举家搬到明田新村。

在新村住了没几天，姚小银悄悄跑回抵塘村。

这里有她的老屋。有她曾经喂养过的鸡、猪、牛。穷是穷，但她割不断与袅袅炊烟、鸡鸣犬吠之间千丝万缕的感情。

老屋已经拆了。鸡、猪、牛不见踪影。姚小银眼泪汪汪，她自对自地说开了："过去靠养这些都抵不上家里的开销，今后咋整？"

于是，姚小银的新家里常常会有这样的对话——

姚小银丈夫："我真的后悔了！现在想想，还不如回去种田。"

姚小银："房子都拆了，你回去住哪？"

姚小银丈夫："办法是人想的，我搭个棚棚也可以过！"

可是，这样的对话并没有持续多久。

2018年，体弱多病的姚小银受聘到贵州长田国际家具产业城当保洁员，月工资2000元，不算高，但收入很稳定。丈夫60岁了，也被安排在产业城做工，工资高于姚小银，两人月收入5000多元。

关键不在钱多钱少，刘春董事长的关心像春天里的风。

见着面，刘春总要问："在这里过得习惯不习惯？""大家身体还好吧？""小孩怎样，老人怎样？"渐渐地，姚小银对家具产业城生出了真实的融入感。两口子之间对话又有了新内容——

姚小银："现在心里有底了，今后我们就是长田人。"

姚小银丈夫："现在喊我回老家，我也不回了。"

姚小银："像走路一样，一步步来，我就不相信走不好！"

大专毕业生杨廷凡，23岁时从断杉镇代京村搬迁到明田新村。

几年间，他在长田国际家具产业城几进几出，在贵阳卖过保险，销售过家电。最后还是回到产业城，负责办公家具销售。正应了刘春董事长那句话："在哪里学技术，你们可以选择。但长田国际家具产业城永远向你们敞开大门！"

杨廷凡今年25岁，心里面满是青春的愿景："年轻嘛，总想开阔眼界。比来比去，还是产业城为我们创造了条件。"

搞家具销售,让杨廷凡有机会学习相关的家具搬运组装技术,还可以通过观察消费趋势、审美动向的变化,看出人们的生活变化和观念变化,打开一个观察人观察社会的窗口。这正合年轻人的口味。杨廷凡今年将要结婚,他说:"一次搬迁改变了我整个的生活方向。"

众人嘴里常常提到的贵州长田国际家具产业城董事长刘春,是四川内江人,大学学的是美术学专业。毕业后当了不到的一年教师,1992年就下"海",在深圳把家具业做得风生水起。

2011年,刘春与惠水县签下协议,投入自有资金几个亿,要让1000多亩山地、11座山头改变模样,建设国际家具产业城。

一开始就有人质疑:"这是个不切实际的梦吧?"

刘春的回答有理有据:"贵州家具产业相对落后,小企业零散企业居多,销售量不到总销售量的百分之二十。就是说,在贵州搞家具生产销售一条龙有很大空间。你们注意没有,贵州人为什么爱到广州、深圳去买家具,因为买的过程也是个玩的过程。我们办的产业城,注入文化、艺术、休闲的内容,买与享受、体验连在一起,再把中间运销环节砍掉,人们不用坐飞机火车,就能买到性价比高的产品,会不满意?"

事实应验了刘春的预期。来自四川、上海、云南等地50多家企业入住,30多家投产。长田国际家具产业城发展势头果真喜人。刘春说:"我认准是对的事情,挫折再多也要做下去,没有什么更深奥的道理。"

2019年3月13日,我们同刘春在产业城见了面。

"问我为什么要把搬迁贫困户就业当成一桩大事?还是那句话,认定对的事情就要干到底。这是我的性格!"

在惠水呆久了,同领导见面机会就多。一次,同县里有关领导聊天,领导谈起工作中的忧思:"现在搬迁扶贫难搞,有人搬出来又跑回去。"

刘春想了想,谈出自己的想法:"难就难在搬出来后的生活依靠。人家没有了土地,又找不到新的事干,不跑才怪!"

刘春分析了自己企业情况:家具行业很多环节对文化程度要求不高,就业门槛相对较低,长田国际家具产业城

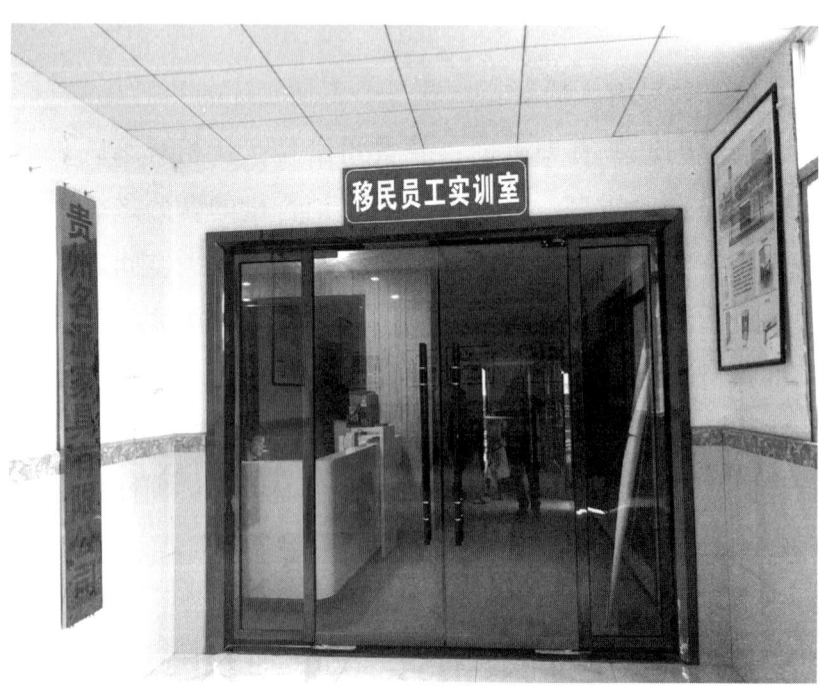

正处在发展期，可以容纳数量不少的搬迁贫困户就业。

"习近平总书记已经向世界宣布中国的脱贫目标，我这个民营企业家必须全力以赴。"

干着干着，她心里那本账越来越清晰：家具制造是个劳动力密集型产业，产业城近期可以让搬迁贫困户吸纳数，在300多人基础上再翻一番。远期还能新增2000个岗位，吸纳更多搬出大山的农民。

2017年，贵州省委书记孙志刚到长田国际家具产业城考察，谈起易地扶贫搬迁农民安置的事，刘春对他说的"三个'多一点'"印象很深刻。

——对搬迁出来的贫困户农民大方多一点。

"就是要舍得为搬迁农民多花钱。只要花了钱能让他们找到能自己生钱的路，花多少都值得！"

产业城培训搬迁农民，自己垫钱租教室。还打破惯例向培训学员支付工资。想让农民兄弟们在这些"付出"中感受亲情，增强靠自己力量闯出生存发展之路的信心。

——对刚刚离开自己家园的农民耐心多一点。

从深山里搬迁出来的农民，文化程度普遍偏低。即便是技术含量并不算高的工作，让他们一听就会、一会就干也不现实。别的家具企业学三个月就能出师，在长田，这个期限延长到六个月。点对点，人对人，手把手，让农民学到的手艺货真价实。

产业城人力资源部部长陈平讲了自己亲身经历的一件事。

一天，培训班学员王贵福匆匆找到陈平，眼神有些异样。

"我要请假,你不同意,我就辞工!"

产业城本来给搬迁农民提供了一定自由度,允许选择比较,决定去留,目的是多些时间让他们适应新的生产生活环境。见面前这个还带些孩子气的小青年正在火头上,陈平倒是多了个心眼。弄清楚王贵福是个孤儿,今年才21岁。她一脸笑容拉开了家常:

"呀!你比我儿子还小。别把我当什么领导,就算你一个长辈,干脆就是大姐。你心里有什么话快说。"

"我来公司,就是想当安装工、导购,现在却要让我干搬运。你们说话不算数,我不干了!"

陈平知道,现在讲大道理没用,要从切身利益破题:"哪里的企业都要讲服从分配听安排,这和你们过去在村里不大一样。你将来要当老公,做爸爸,现在你服从安排,以后机会会很多。"

苦口婆心,终于抚平了王贵福心中的火气。

后来,他成了安装师傅。见了陈平,总是一脸笑嘻嘻的神情:"你打通了我的一个思路!"

——对开始新生活的农民爱心多一点。

刘春常对中层干部讲,老百姓从深山里搬出来,没有了土地,又没有掌握新的谋生手段,有不安全感很正常。他们的任何反常举动都不影响我们的关爱。

搬迁户成了产业城员工,有时会不辞而别;农民舍不得老家,在新村住一段又跑回乡村。碰到这样的事,要将心比心。

搬迁户要找到新的谋生手段有难处，他们中间的弱势群体就更难。一个罹患烧伤的搬迁女农民，找工作试了几次不成功。长田国际家具产业城主动邀她来上班。

搬迁户员工家庭出了大事小事，刘春知道了，都会想方设法去做工作。

员工培训期间，刘春会派人去陪他们喝酒、唱山歌。"先同他们建立感情，再慢慢灌输企业的理念。让大山里的农民真正成为融合在企业和城市里的人，这个过程很长，既需要耐心，更需要爱心！"

刘春对长田国际家具产业城有个规划设想：建立占地100多亩的文化创意园，开辟文化广场。不但让采购者们能感受到现代家具文化的时尚气息，同时也吸纳音乐家、艺术家、作家、设计师入住，办工作室。这样，不仅仅能为更多的搬迁农民提供工作岗位，更高境界则是为搬迁农民融入新生活提供现实环境。

刘春问："你们觉得我这个想法可行不？"

我们没有急着回答，心里却在说："祝这个美好的梦想早日成真！"

2019年3月13日

» 不仅仅是一颗赤子之心

开阳县禾丰乡风景如画,产的茶和米皆以"富硒"冠名。这几年,乡村旅游正入佳境。

可禾丰的大山里,还有人因贫穷而困顿。

王车村羊田组侯绍学、杨长英一家,独子在外打工,顾不上家。70岁的男主人出不了门,杨长英也69岁,即便不天阴下雨,也常年喊腰疼。两人在家带孙孙,分分角角钱都看得很认真。不是舍不得,是拿不出。

2018年,实施新型农村合作医疗保险,每人要出220元。不算大的数字,却压倒了两个老人。

这年年末,村委会副主任李诚,敲开侯绍学家大门:"老人家,不着急,有人想到你们,帮你们解难来了!"

来解难的人叫石冰。

贵州岑瀚建筑集团董事长,本乡本土的开阳人。

岑瀚集团向王车村捐赠5万元,专款专用。

办新农合,220元费用,170元用岑瀚集团捐赠款缴纳,自己只需支付50元。贫困农家,人人有份。78家贫困户200多人因此受益。

参加新农合,侯绍学、杨长英知道了石冰。

村里干部上他们家拉家常,老人家总会说:"老实说要感谢石董事长,他这个忙帮到了点子上!农村人最遭不起生病。遭了病,穷的家富不起来,富了的家也要遭拖穷。"

杨长英腰疼好多年,却不敢去找医生。就怕在这上面钱花多了,别的用项上出窟窿。办了新农合,她终于答应了儿子的请求:今年要上医院彻彻底底看下病。

贵阳市2017年定"特别困难村",开阳县有5个入列,王车村就是其中之一。村委会主任李宪祥说:"全村贫困户已从78户257人降到22户55人,这里面岑瀚集团和石冰

起了大作用,帮忙帮到点子上,不止为办新农合'雪中送炭'这一桩事情。"

2019年3月16日,坐在王车村村支两委办公室,李宪祥和我们谈岑瀚集团谈石冰。

他建议我们,去找找参加岑瀚集团农业发展公司蔬菜种植的村民,见见受他资助的山村学生。

2017年,岑瀚集团在王车村流转83亩土地建蔬菜种植基地,初衷就是帮助贫困户就业脱贫。

事情出自偶然,但偶然中又有必然。

这年,王车被定为贵阳市"特别困难村",发展产业是条解困之道。

市里一位女干部,带着李宪祥找到石冰。

干部看了看石冰:"王车村这个样子,空喊扶志也不行。志气要扎在产业这个根子上,你能帮他们些什么?"

李宪祥脱口而出:"我们想种辣椒。"

石冰答得干脆:"只要有利脱贫,我答应。"

石冰把弟弟派到村里,对蔬菜基地实行专人管理、专人指导。作为建筑行业的民营企业家,石冰对蔬菜种植也上了心。除了专业种植户,到基地务工的村民还有上百人。

麻窝土村民组组长陈明权,脸上郁积了好久的愁云飘散了。

麻窝土组中年以下的男子,基本进城务工,剩下的是老人、妇女、儿童。老人多半有这病那病,挑不了粪,爬不到坡,"除了药养起,其他都不行。"村子里缺了朝气，留下的人看不到前景。

岑瀚集团流转土地种辣椒，石冰特别交待："尽量找些贫困户进来，尽量帮有条件的老年人进来，让大家有事干，把大家带起来！"老年村民到地里锄锄草、修修枝，搞点管理，一个月也能收入上千元。他们觉得自己年轻了，两个老伙计见面，说上几句话，有时就禁不住对望着笑了起来："看来我们还行！"

"因学致贫"，是困扰中国农民的一块心病。

一方面有越来越多的人知道知识就是力量，知识能够改变命运，另一方面又被钱困住，上学难、读书难，困难的孩子，困难的父母，渴盼关心。

村民杨开学就是这样的人。

他三个女儿都在上学，大的读高三，小的读小学。3个女儿"捆"住了杨开学的手脚，他根本出不了远门，只靠妻子一个人在外打拼，挣的钱抵不上家里开销费用。他咬咬牙对大姑娘说："这个年代，不读书就过不好！你只要考得上大学，我拼命也要支持！"

话是这么说，但有限的经济收入，这头那头的花销名目，常常让杨开学陷入窘境。

这时候，又是石冰暖了杨开学的心。

2018年，岑瀚集团向王车村10位贫困学生和6户贫困家庭捐赠2.4万元。杨开学女儿领到1200元捐赠助学金，看着按上自己手印的领条，杨开学不知道该说什么了："只好说谢谢了！谢谢石冰董事长知道农民想什么！"

石冰到底是怎样一个人？

石冰今年49岁，从20世纪90年代起就开始了自己的创业历程。咨询公司、污水处理企业，一直干到2017年，成立贵州岑瀚建筑集团。集团含盖民用建筑行业立项、规划设计、环境评估、地质勘探、检测监理、施工管理、绿化景观等各个环节。集团有21家子公司，今年将发展到30个，一年产值上亿元。

从2000元起家办个人公司，发展到如今的企业集团，石冰一直相信两个道理：只要自己有心，就可以改变生存环境。文化科学能改变一个人的命运，也能引领企业、经济不断发展创新。

孩提和青年时代生活的艰辛，在最困难时候得到的真心帮助，又使他想让两个情结陪伴终生：一定要尽自己能力多做公益事业；一定要真心实意帮扶贫困群体、贫困学生。

2019年3月16日下午，我们见到风尘仆仆的石冰，他给我们讲人生的故事。中间几度哽咽，因为贫穷和奋斗留给他的印象太深。

石冰出生在开阳县花梨镇高坪村。母亲没读过多少书，父亲一直在外打工，他被逼上了梁山，3岁起可以独立放牛、薅苞谷。个子矮、灶台高，垫起两个板凳，也能爬上去把饭做熟。上学了，他觉得每天吃不饱，就在自家屋后山坡上开出一块菜地，不但要吃饱还要吃出花样。拿出一元"私房钱"请妈妈买来鸡蛋，养活了8只鸡。靠这些鸡的收入，他买了一部自行车，还天天能吃上新鲜鸡蛋，增加营养。

"人不要信命，只要有心，什么都有可能！"

报考并就读开阳县职业技术学校，石冰抱定一个念头：学一门技术回家，改变命运。

用不着太多的叙述与形容，一件事就能说明石冰用心之深：在职业技术学校学习期间，他就是开阳县自来水管线和县一中、县四中、县职业中学工程规划、设计乃至施工的负责人。他毕业后到省建二公司干得得心应手。一切成功，源自初心。

20世纪90年代，石冰因病回家疗养。

一次，和伙伴们放牛，他亲眼看见一个孩子踩着两根木棒过河，掉入湍急的水中；爸爸跳下去救孩子，自己也被冲出几十米远。

两个活生生的生命，就在自己的眼前消逝。石冰被深深震撼了。

9年之后，他投资近40万元，在这条河上建起一座单跨16米可以过汽车的桥。他说，生活教育了我，要把关心有困难的人，帮助有困难的人，作为一生的责任。

石冰上学期间，从高坪到开阳县城，7角钱的车费曾让他痛感囊中羞涩。老师借给他10元钱，他捏着钱哭了一夜。

"困难的人需要发自内心的帮助。帮助的人越多，你的社会资源就越丰富。没有社会资源，你抓天无路！"

石冰想把这些感悟和理念，像种子一样，撒进脚下的土地，造福乡亲。

从2005年起，石冰和他的企业投入上千万元，在开阳县近十个乡镇开展公益性、社会性扶贫。仅在基础设施建设、产业发展、教育扶贫方面就出资100多万元。石冰说："有些账我也记不清了，有些账我也不想细算。拿钱干物有所值的事，是良心，是本分。"

石冰对文化科技情有独钟，他觉得它们会使自己爱琢磨问题、爱想事的习惯增加更多理性的分量。

他把贵阳九中退休副校长刘皖平聘为岑瀚集团董事长助理、专家委员会秘书长、企业集团化生态圈大数据平台文化板块负责人。

刘皖平说，在他看来，石冰就是个"问题"企业家、另类企业家。

石冰觉得这个名号很受用。

"问题"企业家，看问题就要先人一步。另类企业家，干起事来就要与众不同。

企业帮扶乡村脱贫攻坚，当然得抓住产业发展这个龙头不放。这些年来，岑瀚集团为此不惜出钱、出力、出人。但首先还是要提振志气，树立信心。企业拿钱支持脱贫攻坚，不是普降喜雨、撒胡椒面；好钢要用在刀刃上，帮忙要帮到点子上。

王车村的实践就很说明问题。

农民一病不起，花钱是个无底洞，拖累了全家，也会拖累大家。170元是个不大的数字，但把这笔钱拿给村民，就能四两拨千斤，增加他们与命运抗争、把生活过好的信心和勇气。

越来越多农民明白知识能改变命运的道理，但又被钱卡住，支持和帮助他们的子女解决读书问题，就为今后的就业、创业，改变生活环境、提升生活质量创造了条件。

石冰对这些道理感同身受。这些年，岑瀚集团参与脱贫攻坚，对"扶志"的支持占相当大的比例。

贵阳市委宣传部干部、驻南龙乡田坎村第一书记陈海兵一直对石冰心存感激。

石冰和岑瀚集团帮着他搅活了田坎村的人气。

陈海兵在田坎村一呆就是三年多，村民不愿意他走，他也想干到田坎村彻底脱贫再离开。陈海兵痛感贫困农民的精神匮乏远胜过物质匮乏，琢磨着怎样用精神文化的力

量凝聚人心,让村民把过上好日子当作自己的事,用自己的力量改变面貌、改写人生。

他通过开阳县领导找到石冰,讲了想做的几件事:为田坎村创作一首村歌;在田坎村办一台春节联欢晚会;为村里家家户户送一副春联;把村里老弱病残、留守儿童、鳏寡孤独请到一起,包饺子过年。

创意不错,可钱没出处。石冰原来也不认识陈海兵,可一交流,发现两个人的共同点是关爱人心,便有些惺惺相惜,相见恨晚。他当场拍板,愿意包下几项活动的一半经费。

几场活动搞下来,田坎村村民有了美好的记忆,干事情更有劲。

哼唱村歌"醉美田坎",成了不少村民的习惯。"贡茶故里,富硒之乡,美的圣誉,代代传习。深山密林藏古寺,茶马古道留传奇。淳朴民风张扬时代精神,乡村振兴释放民族豪气。"一哼一唱,村民们开始思考,这么美的村子,只有通过我们的努力才能让它更美。美上加美,全靠自己。

田坎村村委会主任杨维洪,对今年村里正月间那场"饺子盛宴"的热闹场景记忆犹新。500碗饺子,一碗12个,端上桌热气腾腾。留守儿童、鳏寡老人吃在嘴里,暖在心里。

他们说,这几场活动"又得唱,又得看,还得吃",想想以后田坎村的光景,肯定会越来越好。

陈海兵们慨叹,没有石总的支持,这么红红火火的活动哪能这么顺利搞起来！

石冰淡淡一笑："看起来，这笔钱还真是花得值！"

石冰把创办的集团起名"岑瀚"，分别取自自己两个孩子的名字。

岑，是小而尖的山，自己办的企业，规模不一定会大到惊人，但一定要有鲜明的个性。

瀚，是广袤无垠，包容兼蓄。企业要像海一样浩瀚，广纳博取，惠及众生。

"办企业要站在高端，办事情不能忘记父老乡亲，不能忘记我们脚下的土地。"

2018年9月，岑瀚集团在贵州饭店召开"企业集团化生态圈大数据平台运营新闻发布会"。石冰热情洋溢地宣讲"万物互联、按需生产、按需分配"理念。按照他的设想，集团化管理被进一步放大，通过这个平台，企业与企业之间可以砍掉中间环节，直接在网络交易；可以由人为管理转为网络一体化管理；可以在网络上发起项目；可以在这个平台上实现大众创业、万众创新；可以直接为国家急需的健康、文化旅游、金融、科技教育四大板块培育发展出力；在促进物流和延伸创业方面也可以大有作为。

石冰笑言，这是有别于计划经济、市场经济、共享经济的又一种经济形式。我有这个胆量，有这方面的思考，要做这个排头兵。

2019年3月16日，就在我们走访当天，陈海兵带着田坎村村委会主任杨维洪、村里有名的"蔬菜大王"冷子江，专程赶到岑瀚集团，要同石冰签一份协议。

田坎村计划引进海南特产的芦笋类蔬菜"将军笋"。种一亩"将军笋"，年收入可以达到8万元，市场前景看好。田坎村准备种植200亩，可前期投入不低。

陈海兵拿出两个方案：如果岑瀚集团与之合作，按产业性投入，需要48万元，按公益性投入，则只需8万元。

"石总，你的选择是？……"

石冰几乎未加思索："当然按产业投，48万元！"

他的考虑是：公益性投入那是输血，产业性投入才是造血。

作为一个有成就的民营企业家，石冰就是这样一个人：思想如马，无时无刻不在时代的原野上飞奔；情怀似火，永远不忘父老乡亲。但他要给大家的，不仅是"鱼"，更是"渔"。

他在脱贫攻坚中的作为，除一颗赤子之心，更有理性的思考、挑起来就放不下的责任。

2019年3月17日

》"山娃儿",刺梨情深

"这山望着那山高",这句话,大概很少有人从里面听出赞誉的意思。

可罗小平听出来了。

他说,这有点像自己的人生经历。

1995年,贵定县德新镇丰收村苗族农民罗小平,高中毕业上贵阳打工,试过不止一桩行当,后来推销医疗器械。没想到,第一天就拿到了1800元的订单。

这以后,顺风顺水,手里慢慢有了几万元。钱赚到了,却又被朋友骗了去。郁闷无奈,罗小平登上向北的列车,去重庆大学,找当年的中学同学。

与同学分手时,他手中只有两元钱。

同学也没钱。罗小平借了同学的学生证。据他回忆,当时的念头就是想"逃票"。

命运跟他开了次玩笑。他坐的那趟重庆至广州的列车,中间不经停贵定。他将错就错地到了广州。后来又去了湖北宜昌……2001年,罗小平到了深圳。

这期间,他一边干活,一边看书,特别是恶补中学时成绩就很优秀的英语。他相信,知识能改变命运。

在深圳,先进了一家电脑工厂。知识派上了用场。半年之后,他当上了生产经理。

别人一片羡慕的眼光,罗小平却看到另一座山。

2003年,罗小平"跳槽"到深圳另一家工厂,这家工厂生产滑翔机及其相关产品,他的目标是去那里搞研发。应考现场,他熟练地阅读英文报纸,竟让同去考试的五个来自四川大学、重庆大学的毕业生纷纷败北。

很快,罗小平成了企业研发的核心人物。

一次,爬深圳郊外梧桐山,他与一个朴实爽朗的东北汉子不期而遇。两人同行,东北人的话让他听着很动心:"你这个人很真诚,很执着,很容易被人接受,也懂得替人着想。应该干得成事情!"

一席话,让他向新的山眺望。后来,罗小平在深圳有了自己的公司。

2012年5月,罗小平回到家乡贵定。

这次望到的山,是想利用家乡的本土资源,靠在外打拼多年的经验和感悟,为父老乡亲找一条脱贫致富的路。当然,他也想办一家规模更大的企业,而且让它风生水起。

当地一户农民,种五亩刺梨,一年赚了两万元的故事让他怦然心动。习近平总书记"绿水青山就是金山银山"的话,提醒罗小平,圆自己这个梦,该从这里破题。

20元一亩，流转近千亩山地，建起"花山刺梨基地"。罗小平在山上整整待了三年，还带着爸爸、弟弟、弟媳一家人干。

不是所有农民都领情。发放可栽两三百亩的刺梨苗给农民种，"不种！"一些人态度很执拗。有的农民种了，想想过去种果树假苗多、不挂果的事，对种刺梨能致富的前景感到怀疑，又提刀把苗砍了。

罗小平一条路走到底。

2015年，花山基地刺梨挂果，一亩地最高可产一吨左右，他收获了回贵州以后真正意义上的"第一桶金"。

就在这年，他的刺梨加工厂建成。别人收农民刺梨1.5元/斤，他挂出的收购价却是2.8元/斤。当年那些砍掉刺梨苗的农民直喊："肠子都悔青了！"

2016年至2017年，在罗小平带动和影响下，贵定建起了6个刺梨生产合作社，600农户2000多人参与。罗小平种刺梨，在贵定出了名。

他是不是又望见了新的山？

望见了。

事出偶然。

一次偶然的相遇，罗小平认识了息烽县干部王恩彪。王恩彪长年受湿疹折磨，罗小平送他一大袋自己厂里生产的刺梨原汁。这种原汁不加糖不放任何添加剂，刚喝时口感并不怎么好，但保留了刺梨所有的营养成分。王恩彪喝完了又来要。他说，喝了刺梨原汁，多年无法治愈的湿疹明显有了转机，而且人也觉得神清气爽。"我要给罗小平打活广告！发展刺梨产业很有前景。"

他建议罗小平来息烽，息烽正在做产业调整这篇大文章，刺梨大有可为。他和时任小寨坝镇人大主席魏祥联合推动，想让罗小平走出人生新的一步棋。

罗小平，贵州山娃儿大健康产业发展有限公司董事长，望见并将走向一座更高的山。

作为息烽招商引资项目，"山娃儿"要在大健康理念引领下，开始一次打造刺梨可持续产业链的摸索和实践。

"这山望着那山高，就是人要永远有思想、有追求。"罗小平说，只要人活着，这种思想和追求都不会停步。

2019年3月22日，罗小平和妻子陈润，开车把我们送到息烽县石硐镇光明村的高山顶上。

光明村是王恩彪的老家。到息烽发展刺梨产业，光明村当然是首选之地。

海拔1000多米的山上，云雾缭绕，身上感觉得到袭人的寒气。

罗小平和陈润把我们带到一片地势略为平缓、雾也小些的地方，指着脚下和不远处一丛丛灌木样的植株说，这就是农民们去年种下的刺梨苗。刚剪过枝的刺梨苗个头不高，但叶片顺着枝条发着油绿。一片片刺梨苗，在一树树盛开的野樱桃花映衬下，显得生机勃勃。

这是400多亩种啥不长啥的荒地。缺水、土瘦、山高交通不便……样样都是它的死穴。

下山之后，我们听光明村党支书吉庆华说起，当年他父亲上这地块扳苞谷，一大早出门，中午饭点过了还回不了家。吉庆华今年40岁，他记得9岁起家里就再没上这地里种过什么。

荒地是块鸡肋。啃不下肉来，丢了又有人觉得可惜。

这荒地却很适合种刺梨。

由罗小平发起，吉庆华带着5户村民在光明村建起专种刺梨的农民专业合作社。

合作社边流转土地边平地、修路、挖坑。

一下子村民议论纷纷。

地里本来啥也没种，一些村民偏说："土地都拿给你们，以后我吃哪样？"

罗小平们反复宣讲：土地流转了，将来可以逐年按流转数分红,刺梨规模化种植了,村民会有很多打工机会。

可村民们的话听着也有道理:过去发展产业项目,我们吃的亏还少了?

曾经,一个城里人被引进来承包土地种薏仁米。农民种出来了却没人收,最后,那个"企业家"人也不见了。还有人来村里发动种辣椒,同样是有了收成无人收购。种过梨子,管理不到位,开头热热闹闹,后来悄无声息。

"你'山娃儿'就能保证这回不是蜻蜓点水?赚点钱就走,让我们再丧一次气!"

面对质疑,罗小平有自己的思考。

"这其实反映了脱贫攻坚发展产业过程中一个不能忽视的问题。农民看到了两个现实情况,一是发展产业没有长远规划,什么东西热就去热炒一阵子,最后虎头蛇尾。'山娃儿'发展刺梨产业,着力打造种产销一条龙体系,就是为了改变这个现状。二是农民对市场还很生疏,种下东西心里就在嘀咕,将来卖不出去怎么办?我们从一开始就要不走样地兑现承诺,让他们觉得我们不是来这里赚'快钱',而是真心实意想把产业搞起来,跟我们干不会吃亏。"

吉庆华说,罗小平的思考,变成了光明村种刺梨村民实打实的收益。

2018年1月,合作社地里的刺梨苗还没有栽完,一付三年,每亩600元的土地流转分红就发到全体社员手里。

合作社务工人员优先选择本村村民。最高时一天能用六七十人，少时也有七八人。10元钱一个小时，搞得好一天能挣80元到100元，勤快点的加班多干两个小时，工资更高。

村民也慢慢熟悉了罗小平和他的"山娃儿"。认准跟着这样一家有自己生产加工线，有固定的市场资源，有畅通的销售渠道，而且有依托刺梨在息烽大干一番雄心的企业，能够脱贫致富绝对假不了。

合作社成立半年，6公里刺梨园区道全部建成。过去爬上山要两个多小时，现在十多分钟就能打个来回。

村民吉庆芳，原来是反对种刺梨喊声最高的，后来一头扎进刺梨地里，锄草、修枝，见啥干啥。别人邀约他进城打工，他去了又跑回来。去年，他依靠种刺梨就挣了一万多元。

农民爱比较。一比较就做出了判断和抉择。

现在，光明村种植刺梨面积已超出那450亩荒地，扩大到600多亩。刺梨合作社社员也达到62户，参与种植、管理的农民则有130多家。

吉庆华支书按现有的600多亩刺梨园算了一笔账：今年刺梨可以部分挂果，产量预计有400多吨，一户农民把土地流转分红、售卖刺梨、务工所得加在一起，一年可增加收入8000元。

星星之火，可以燎原。

目前，息烽县已成立刺梨生产农民专业合作社20个，覆盖全县10个乡镇，占地4万亩，1500户5000多人参与。其中14个与"山娃儿"公司有直接关系。

　　刺梨产业为什么在息烽县方兴未艾？罗小平分析过原因。息烽县产业调整思路清晰，发展几大新产业都植根在种植业上。靠种植业发展农村产业推进脱贫致富最符合农村实际。这为"山娃儿"这样的企业提供了巨大的想象空间和实操空间。种—产—销一条龙的体系，稳了农民的心，提了农民的劲。从源头起对质量严格把控，又会让"山娃儿"刺梨产品在市场上体现出差异性。不施农药，不用化肥，绿色生态，科学管理，这样搞刺梨产业，必然为息烽乃至贵州的产业调整、脱贫攻坚助力。

　　罗小平不想让这些感悟成为私人财富。

　　火热的情怀，冷静的思考，会有必然的回应。

　　永靖镇河坎村村委会主任许风云，多年在外打工，2008年回乡，被选为村主任。河坎村石漠化面积很大，许风云觉得，自己当村主任，第一桩大事就是找准河坎村发展种植业，到底该种什么？

　　他认准了种刺梨。刺梨耐旱、耐寒、好栽，而且特别喜欢石砂地。可在村里推广起来，却有种种阻力。

　　许风云在一个叫作"产业结构调整圈"的手机朋友群里认识了罗小平。

　　许风云说，我是在手机上初识罗小平的。

　　许风云微信："刺梨好是好，可真是前景有些看不清。我都想不干了！"

　　罗小平回信："怕哪样！我们来息烽发展刺梨产业，

不是投资个两三千万，为把这个产业做大做好，我们想撬动资金几个亿！"

有了底气，许风云再不提"不想干"三个字。全村三分之二的土地种上刺梨，276户976人都是刺梨种植户，其中有精准扶贫户15户43人。

罗小平由此感慨："山娃儿"到息烽来发展刺梨产业，带来的不仅是项目、技术、经验，而且更应该是战胜困难、相信未来的信心和干劲，以及勾画出可以看得到的前景。

罗小平说，发展可持续的刺梨产业，就像下一盘棋，胸中先要有谋局。

为"山娃儿"在息烽刺梨之战的成功布局推子，他不忘靠"大健康"统筹发力。

"讲酒，贵州茅台名闻天下；讲食品，贵州老干妈声誉鹊起；讲茶，贵州也有拿得出手的品牌；唯有果品，还形不成有力的拳头。我想，是不是与停留在见子打子、没有形成种—产—销一体化的产业链有关。用大健康理念贯穿始终，这个产业链的建设方向可能更明，过程可能更科学，速度可能会更快。"

永靖镇工业园区一直往里走，是"山娃儿"公司正在建设的刺梨加工生产基地。基地占地125亩，施工机械正在紧张操作。设计建造4万多平方米厂房、1万多平方米其他建筑，不但要建成年加工刺梨产品24000吨的厂区，还要打造出一个健康养生、农旅示范园区。吃、玩、养统一，刺梨的价值就能倍增。

基地一期工程可望在今年下半年完成。

交谈之中，罗小平突然接到县政府电话，约他下午三点半去开会。半个多小时后，他兴冲冲地归来，说县领导已经表态，想把邻近基地的一百多亩土地也划进来，三百亩地，一起以刺梨加工、刺梨发展的名义开发。

看来，"山娃儿"的一腔刺梨情，在息烽县得到了上上下下的高度认同。

等待罗小平从县政府回来的间隙，陈润与我们谈起她与他的恋爱经历。原来，也是刺梨促成了他们牵手。

2016年，投靠亲戚在贵州推销化妆品的四川泸州女子陈润，经介绍要与罗小平见面。

当天正是罗小平在贵定的刺梨加工生产线开工，他一身污渍，蓬头垢面。

听说去相亲，罗小平讲话没好气："去什么去？去了要花钱，成功率也不会高！"

没想到，一去两人就对上了眼。

罗小平把自家厂里生产的刺梨原汁倒上一杯，递到陈润手里。

陈润呷上一口，"呀，啥味？涩，还带些泥土味。"

"你慢慢喝，会品出甜味来。"

陈润好不容易勉强喝完一杯，罗小平又把满满一杯刺梨原汁递过来。

罗小平这近乎拙朴的动作，让陈润觉得这个人真实、可靠、执着。接下来对刺梨产品营养成分的介绍，又让营销化妆产品的陈润倍感兴趣。

刺梨，成为搭建在一个贵州男人和一个四川女人之间的鹊桥。后来，陈润一直在为"山娃儿"的刺梨产品出谋献力。

说话间，罗小平回来了。我打趣地问："当时喝刺梨原汁的感觉，像不像你们这几年共同走过的路？"

两人竟异口同声地回答："像！"

2019年3月23日

》王院村里的别样人生

其实,我对农村生活并不陌生。

2008年,大学毕业,第一个工作单位就在龙里县谷脚镇。后来,在岑巩负责过共青团工作。到团省委青年发展部,抓农村青年工作也是重头戏。都同农村分不开。

可是,王院村就同过去见过的农村不同。

龙里、岑巩,乡间山清水秀。王院村,却整个嵌在喀斯特地貌深山区。

有人说,王院村什么都缺,就是不缺石头。植物可怜巴巴地长在石缝里,土地被石头分割得七零八落。恶劣的自然环境,出乎我的意料。

到王院村当第一书记,头回见面,村主任刘富玄就向我"亮"了家底:"王院环境太差了,位置太偏了,太不引人注意了!全村1412人有704人在外打工,留下的人,也想在地里栽些值钱的东西,可种什么总是拿不准。信心越整越差,等待、观望情绪越来越重!"

看来,要改变王院村面貌,提振信心是个大问题。

王院村8个村民组，组和组之间隔得好远。

一次，我从王院村委会坐车去王院组最偏远几户农家，单边就走了3个多小时。

不下组串户怎么脱贫攻坚？一些村民的营业性摩托车，成了我下组最常用的交通工具。

在贵阳的同事、朋友听了急。电话、微信不断："女孩子家的，骑着摩托车满山转，太危险！""女生最好别在农村单独串家入户，不安全！"

感谢他们一片好心，但我怎能轻言放弃。

可以说，参与脱贫攻坚，让我与王院村产生了乡情，与群众产生了亲情。但自己的其他亲情，也得面临一些新问题。

到了王院村，回贵阳机会太少。男朋友家里的意见越来越大。本来举办婚礼的酒店都定好了，最后我们还是决定分手。

33岁的女孩，还不谈婚论嫁，你说父母急不急？

2018年9月，母亲因脑缺血、脑萎缩突然晕倒。讲好"十一"陪她去外地治疗，结果村里一忙，也无法成行。

好在他们虽然担心我，却更理解我。

妈妈的心情很复杂。她知道女儿在婚恋问题上有缺憾，但也知道我在王院干的是善事，支持我坚持到底，干出成绩。

感谢王院！在村里呆了一年，一个城市女子的小情怀变成大情怀，小亲情变成大亲情。

王院改变了我。让王院彻底变个样，成为我人生中一个最美的梦。

——陈厦心语

陈厦是团省委青年发展部的年轻女干部。

陈厦肩负脱贫攻坚重任,是团省委派驻安龙县笃山镇王院村的第一书记。

2018年3月,正是春寒料峭时,陈厦进了王院村。

到村里第二天,村委会主任刘富玄带她登上一座山坡。从上面看下去,村民们三五成群,在石窝窝地里种桑树。陈厦好感动,当场在手机上发出一条微信:"劳动最光荣!劳动最美丽!"再凑近一问:"你们对种桑养蚕发展生态农业有没有信心?"一些村民的回答却很提不起劲:"这哪个说得清楚?还不是要等到看。"

刘富玄说，王院村人不是不想变，就是缺信心。

陈厦认准了，提振信心是眼下王院村第一件大事，是理顺产业布局的第一步。

提振信心，就得把道理讲明，把账算清，让群众想干、愿意干。

陈厦和村干部一起，爬坡翻山，一个组一个组地开会说理算账：王院村常年缺水，桑树正好耐旱；王院村缺乏劳动力，而管理15亩桑树苗才需两个人。桑叶可以用来养蚕，桑枝可以卖给食用菌企业加工菌棒，种桑养蚕可以发展成生态农业。种桑见效快，四个月就能出售桑叶。

群众在心里暗暗算了账，认定这桩事干得，主动性、积极性大增。结果，全村栽下了200亩桑苗。桑苗长势良好，用事实证明，像王院村这样的深山区，也有发展产业的前景。

贵州省委、省政府发出"春风行动令"，鼓励农民种植经济收效高的作物。

王院村选择了种高粱。

陈厦和村干部背着高粱种子，翻山越岭，送到各个村民组。再由组里分发给想种的农民。可事情没有想象的那么顺。

村民内心很矛盾。种种议论，归结起来就是一句话："现在种了，怕将来没人收。"

这下得靠村里组织村民同企业签订的高粱保底收购协议来说话。协议一式两份，一份在村民手上，一份留存在企业，村委会还有资料备份。

"这份协议,你们看清楚了。上面有你们按的手印,有企业盖的章。我们也承诺一定负责到底,还有哪样让人放不下心?放心吧,你们按协议要求做,肯定亏不了!"

话不在多,对了路就有分量。几句有分量的话,稳住了人心,提振了精神。当年,全村高粱种植面积达到180亩,村民增收25万元。

食用菌也是王院村着力发展的产业;而缺水,在"卡脖子"。

陈厦上下奔走,通过团省委协调省水利厅,解决200多万元食用菌产业用水资金,不但为王院村解围,还覆盖了整个笃山镇。致富带头人贺光云抢修水窖确保顺利出菇,陈厦第一时间协调水泥80吨,"雪"中送来了"炭"。

陈厦说,你在关键时刻帮农民一把,农民就会在关键时刻增强几倍的信心。

贫困户潘忠才,可以在县城得到易地扶贫搬迁房,他不搬;可以在村里参加危房改造,他不改。落实精准扶贫任务绕不开他。陈厦忍着胃痛,上门谈心。将心比心就能心心相印,最后,潘忠才不但认可自己"一达标两不愁三保障"已经实现,还敞开心扉谈了下一步发展产业的打算。

几天后,他托人给陈厦带话,说是那天发现她在闹胃痛,专门为她找来了治胃病的药。

在王院村,陈厦重新诠释了"亲情"二字。她把爱心交给了乡亲,乡亲对她越来越信任,组合成一种新的亲情。

一些村民来邀约她："如果春节太忙，回不了贵阳，你一定来我家吃年饭！"按当地布依人家习俗，年饭通常是不请外人来吃的。她知道，自己这个第一书记的心，与村里群众的心，已经越贴越紧。

都说党支部是农村的战斗堡垒，共产党员是脱贫攻坚的开路先锋。

在王院村的初见，却让我震惊。

第一次组织召开全村党员大会，能参会的80后党员只有我一个。统计了一下，村里的26名党员中，50岁以下的仅有10人，两位老党员已经80多岁。9名党员比较年轻，但8个常年在外打工。

徐祖涛当了10多年村支书，已经50多岁。见我来了，别提多高兴。他对我说："你来，太好！我年纪大了，又不会电脑，经验可能比你丰富些，但真干起事来，就有些有心无力。"

怎样化解青壮年党员少这个难题？只局限在村里想办法，天不宽地不阔。

跳出王院村，办法就来了。

我有多年共青团的工作经历，为什么不能借助共青团组织化、社会化动员优势，与机关、企业、学校联建党团支部，创新式地开展工作？

现在网络技术如此发达，可不可以用"线上线下"形式，集合村内外各类青年优势主体，当助推王院发展的中坚力量排头兵？

想法提出来，村干部们都说这是个好主意。有人还说，这是基层组织因地制宜，一次新的资源整合。

开展"党团联建"，打造"脱贫攻坚青春联战队"，两个新生事物，在王院村显现生机。"走出去"开展党团活动，"引进来"注入青春活力，从新角度展现出"堡垒"和"先锋"的风采。

这里面，精彩故事多着哩！

——**陈厦心语**

中建八局云贵分公司贵州经理部，2018年5月开始，与王院村开展党团联建。

青年干部曾永超被选派挂任村党支部副书记。另一名青年干部谭志强兼任村团支部委员。经理部每月还派出"新时代党建带团建青年轮战员"到村里帮助工作。

回忆与陈厦的接触交往，曾永超印象最深的是这样一种感受：成功不一定就是要干什么惊天动地的大事，必须注意细枝末节一定要接地气。

去年8月，生猪市场价格波动。陈厦告诉曾永超，一户村民家生猪就要出栏，卖给猪贩子肯定要吃亏，问他有没有办法。后来，问题通过别的渠道解决了，曾永超心中却波澜迭起：干大事就得从小事抓起。

他和谭志强每月都来村里住上几天，关注和解决的，都是与群众和村里利益密切相关的事。比如，帮助村干部和青年学习电脑，为本村食用菌打开销路，带来企业招工信息。

除了中建八局，王院村还和贵州大学、贵州青旅、兴义师范等开展党团共建，从产业、教育、就业、产销对接、招商引资、宣传推介等方面，为脱贫攻坚提供全方位支持。

"党团共建"其实是一种双向互动，村外的党员、团员和青年，用新思想、新作风、新办法来影响、支持王院村；王院村又为他们了解实际、贴近实际、参与实际，提供了现实土壤，一加一大于二，形成了一种前所未有的新鲜活力。

脱贫攻坚青春联战队，成员包括当地干部、帮扶单位选派干部、返乡创业青年、在外务工青年、致富带头人、志愿者、大学生等各类青年群体。下设多个分队，活动涉及村里经济社会生活的方方面面。

400多名青年，"线上"被联系交流群覆盖，"线下"由村党支部、团支部带领融入中心工作。推进产业发展、乡村文化建设、环境卫生整治、倡扬移风易俗、危难险重应急，都有青春联战队在大显身手。

"联战队"成了村党组织发展后继有人的"生命链"。村党支部要求，支委后备干部要在联战队服务半年以上，入党积极分子也要在联战队员中产生。

老党员感慨：党团共建让党组织、团组织活了起来！年轻人高兴，这下我们有更大的用武之地！村民们说，啥是党，啥是党员，他们能干什么，他们在干什么？这下，我们都看得明明白白的。

我常常在想一个问题：精神脱贫比物质脱贫更重要，重要在哪里？扶贫先扶志，这个志该从什么地方扶起？

发生在王院村一些村民中的事，让我心情不能平静。

村里危房改造，按标准家家户户要在厕所安上洗手盆，也不过是个百把元的东西，可有人就是不装。问他，他说："用不惯那洋玩意！"

村里组织村民去外地参加新技术培训，包吃包住，免培训费，可有人就是不去。不去的原因，是离家远，怕麻烦。

一些人喝了酒，醉卧村头。少数人不讲信用，借钱不还，还引起吵架打闹。个别村民家里脏得难以插足，有的村民组环境卫生很差，整治起来难度不小。他们认为这样过习惯了，也妨害不到谁。

怎么办？两手抓。

面上，对典型的人和事抓住不放，宁扮"黑脸"也让当事者真受触动，知过必改。

根上，实实在在抓教育，让提高农民素质真正从口号变成实际。

——陈厦心语

整治脏乱差，建档立卡贫困户罗兴学家是块难啃的"硬骨头"。

罗兴学家住在郊外村民组。妻子有智力障碍,孩子还小正在念书。他家脏到什么程度?一次是把鸡窝搭在自己卧房里,鸡飞上床铺,鸡毛飘落一地。一次是在房间里喂了两头牛,满屋弥漫着牛粪味。

村干部多次劝说,他都置之不理。

陈厦带着脱贫攻坚青春联战队员,第一次上门走访,尽量和颜悦色。陈厦讲把鸡养在室内,既不利于居住环境,又不利于身体健康的道理;还联系一些企业,结对帮扶包括罗兴学在内的八户贫困家庭的孩子。多次上门,罗兴学终于同意把鸡窝搬出卧室。

把牛弄进房里这件事,陈厦处理起来就没那么客气,这回她扮的是"黑脸"。

"你看那么多城里人和企业的人都在关心和支持王院村。让这些远道而来的人,看到你家脏成这样,是不是丢全村人的脸?十天以内,你把牛牵出房间,把房间整理好,我们就过来看望慰问你。十天内弄不好,我要在村里'春风小喇叭'通报,让全村人都知道你太不讲卫生,丢了村里的脸。咋办?你当场表个态!"

罗兴学当场表了态,后来也没失言。见罗兴学这样,陈厦和村干部又协调资金把他家墙壁粉刷一新。

"为啥第二回要扮'黑脸'?就是要重重锤打一下,逼他转变观念。观念不变,即使有变化,也保不长久。"

陈厦组织演讲团到村里小学开展活动,发现孩子们听到精彩处都很激动,一些学生还主动上台讲自己的故事。

唯独有一个女孩表情呆滞,与周围的人没有任何互动。一了解,这孩子叫徐丹,来自贫困家庭,有智力障碍,性格孤僻。从此,徐丹成了陈厦心中的牵挂。校访家访、"一对一"心理疏导、引导其参加各类活动,目的只有一个:别的同学能享受到的雨露阳光,也要播撒、照进徐丹的心里。

徐丹变了。不再只会在本子上乱写乱画,而是会写自己名字、阿拉伯数字和简单汉字。陈厦再度家访,还收到了徐丹亲手剪的"爱心"小纸片。

陈厦举一反三,想帮助更多与徐丹相似的孩子和他们背后的贫困家庭。

扶贫要扶志,更要扶智。

她协调社会资源,为学前教育儿童配置玩具、图

书；联系企业"心手相牵"长期结对帮扶；"流动少年宫""红领巾故事汇""小手拉大手"相继走进王院村。

陈厦又在更大程度上、更大范围内举一反三，要让教育之风吹拂王院村的老老少少。

"青年志愿者脱贫攻坚夜校""新时代农民讲习所"，不但讲科学、讲知识、讲技术，也讲道德、讲修养、讲文明。"春风小喇叭"、各种文艺演出、大大小小会议，都成了教育村民"寓教于乐"的阵地。

这样做，当然有效果，也会有成绩。

但引导农民，不可能毕其功于一役。激发农民内生动力，也不在一朝一夕。关键是抓住不放，一抓到底。陈厦说："我总有一天会离开王院村，也可能直到走那一天，有些初衷还没有完全实现。我会终生关注着王院村的变化，因为王院村给了我别样的人生！"

2019年3月26日

» 新市民,新天地

常听人说,易地扶贫搬迁是难事。

一难,难在一些贫困农民怕搬。

穷家难舍,故土难离。写下世代乡愁的地方,做事想事、惯常习性都被打上千丝万缕的印记,熟稔就是阻力,哪能说走就走?更要紧的是,离开祖辈相传的生产资料和生产方式,情系土地的农民难消心中疑虑——到了新的家园,什么才是我们的新生计?

二难,难在融入新生活确实不易。

有的地方,易地扶贫搬迁农民进了新居住区,在自己心中和旁人眼里,却仍然被当成"挪了个窝"的农民,身份没有变化。一些易地扶贫搬迁安置区,与区域周围形成"自然隔离",像是"孤岛"。"孤岛"里的人想走出"围城",外面的力量要帮助里头的人协同配套发展,都前所未有地碰上了新问题。

于是,这样的故事开始发生:安置区里的精准扶贫户，住了十天半月新房子，实在想不通：今后生活的路会咋样？终于在某个月明星稀的晚上或者有些凉意的清晨，偷偷回到生他养他的地方，与留下的乡亲表述着自己对故里的不舍，甚至有人冒出再搬回来的念头。一些整村搬迁的人家，聚拢一堆，谈起就业、创业、子女上学、老人就医这些现实问题，抱怨多于赞美，忧愁大于希望，底气明显不足。

2019年4月5日，清明节，风和日丽。

我们走进了安龙县"蘑菇小镇"。县里的同志说，这里正在发生的事情，说不定会为你们解惑释疑。

"蘑菇小镇"是安龙县依托食用菌扶贫产业园核心区，建设起来的易地扶贫搬迁安置区，不过按当地人的叫法是"新市民居住区"。搬迁农民成了新市民，这里面应该会有怎样让难事不难的"戏"。

在"蘑菇小镇"，碰上的第一个搬迁农民，是37岁的陈雄。

他于2016年从洒雨镇下龙村，按照"以产定搬、以岗定搬"的政策搬进"蘑菇小镇"，来了就种蘑菇。陈雄见了我们，开口便自豪地介绍自己是新市民，看来他对这个身份很满意。他现在当着安龙县感恩种养殖农民专业合作社理事长。

陈雄带着另外18家搬迁户，在富民鑫食用菌有限公司50多个大棚里种蘑菇。大棚与居住区有段距离，他每天骑着摩托车上下班，往返在从楼宇住家到种菌大棚的路上，这感觉真同早前当农民大不一样。

与陈雄碰面时，他已在大棚里忙活了一阵，摩托车停在近旁。他说要先带我们走走看看。

每个占地一亩的种菌大棚有200多个，在和煦的春光里错错落落地排开，在土地上闪烁着金属似的光泽，本身就是一道风景。走进大棚，一排排菌棒架一直往前延伸，数不清的菌棒上已经冒出新鲜的香菇，生机勃勃，煞是好看。

在安龙，大棚里的食用菌一年可以收两季十二茬。感恩合作社社员一户种了3个大棚，按政府确定的保底价由企业收购，每个大棚年种菌收入接近10万元。这样的事，农民从贫困偏远的大山里搬出来之前，绝对没有碰上过。

他们会算账：搬迁之后，岗位稳定，收入稳定，还有向上空间，而且能过上城里人的生活，为什么要再视易地搬迁为畏途？

与陈雄年龄相仿的菊长生，原是洒雨镇陇松村村民。按计划2018年才迁入"蘑菇小镇"新市民居住区。榜样的力量最大，前面的新市民做出示范，他也不愿意错过时间。搬迁房子还没修好，他人先进了富民鑫公司的大棚，种3个大棚的食用菌，去年每棚收入8万元。老户带新户，他还担任了技术指导。

新市民怎样同企业结上缘？新市民为什么能如此快地开始新生活？

安龙县生态移民局副局长刘兴安认为，这同易地扶贫搬迁顶层设计和科学规划有直接关系。

按照贵州省委、省政府"六个坚持"的要求，实施黔西南州"新市民计划"，围绕"搬出来干什么？搬出来怎么管？如何确保'稳得住'？怎样争取'快融入''能致富'？"展开的"易地扶贫搬迁贵州答卷"安龙篇章越来越丰富，越来越引人思考。

县里思路非常清晰。

易地扶贫搬迁既是一项系统工程，也是一大发展机遇，把易地扶贫搬迁开发建设作为带动城镇化发展的突破口。

易地扶贫搬迁安置区既是新市民居住区，更是城市新区。新市区建设与城市规划相结合，新市民居住区建设与产业园区布局相结合。

以产定搬，以岗定搬，确保易地搬迁群众就近加入产业利益链，"户户有增收项目，人人有脱贫门路"。

食用菌是安龙县脱贫攻坚主导产业。"蘑菇小镇"就建在食用菌核心产区，占地2300亩，引进国内8家企业，入住新市民

7000多人。蘑菇产业为新市民打开就业致富大门。

既然小镇以"蘑菇"命名,自然绕不开山川风物、自然文化的主题。集聚农特产元素,汇集餐饮娱乐精华的发展方向,又为新市民们提供了新的创业想象和空间。

其他新市民居住区定位也各有创意。

五福小镇,融入民俗文化理念,体现民族民俗风情,以民俗文化为主题,不断完善建设。

双龙小镇,依托招堤省级名胜景区,植入传统元素,展现安龙历史,历史文化就是新区建设的主题。

这样的定位,为新市民参与民族民俗产品产业、文化旅游业打下了基础,开了路。综合服务体系的完善和服务能力的提升,又从不同角度增加了新市民居住区的发展活力。

搬得出、稳得住的难题迎刃而解。

快融入、能致富成为现实可行的目标。

以实施"新市民计划"为抓手,"十三五"期间,安龙全县易地扶贫搬迁25526人总体计划任务基本完成。贫困群众"一步住上好房子""逐步过上好日子"的梦想正在成真。

县城面积由10多平方公里拓展到30平方公里。城镇人口将由15.5万人增加到18万人,城区人口将由7万人增加到10万人。这样的易地扶贫搬迁,不仅解决贫困问题,也为县城经济社会发展带来了新希望、新面貌、新变化。

新市民走进了生活的新天地。群众的生活中出现许多富有感情色彩的新故事。

今年2月,安龙县委书记钱正浩登上省里"新时代学习大讲堂"讲台,分析易地扶贫搬迁典型案例时,就讲述了其中的一个案例。

万峰湖镇龙万村村民敖勇,在湖北打工,与吉林女子刘冬菊相识,后来两人结了婚。

嫁过来6年,刘冬菊对龙万村情况越了解就越失望。"过去听人说这里'天无三日晴,地无三尺平',我还不相信。现在终于信了,而且这里真的是穷山恶水。别说能找钱,能活下去也难啊!"

"难道真要在这里打一辈子工,就这样困死在大山里?离吧,孩子虽然已经5岁,但我真的坚持不下去了!"

离婚出于无奈。共有的孩子,又让两人保持着藕断丝连的关系。

2016年,听说安龙实施易地扶贫搬迁政策,符合政策的敖勇家可以搬出大山,到县城里居住。离了婚的刘冬菊借回来看孩子的机会,同敖勇一家人去看了新市民居住区的房子,大家都很满意。房子在城里,小区外就是公交车,对面是新建的教育园区。在小区可以自己做生意,政府还帮忙解决就业。去食用菌园区承包大棚种植蘑菇,种出来公司直接收购,一个大棚管理得好,一年有10多万元的收入。

刘冬菊这下露出了笑容:"终于不用再面对那抬头是大山低头还是大山,买包盐来回都要走上个把小时路的穷地方,搬进城市才是我们希望。"

2016年9月，经过亲戚朋友说合，敖勇和刘冬菊又去了民政局，办理复婚手续。因为"新市民计划"，曾经的爱人又回到身边，破碎的家庭重新团圆。

"新市民计划"改变了农民命运，在安龙类似的事不止一例两例。安龙县的干部说，被人民群众高度认可的事，我们就要一干到底。

陪同我们走访的县人大常委会主任黄朝文，认为"四大班子"协同动作，有关部门各司其职又协调配合，形成强大合力，才让这个"一干到底"格外有底气。易地扶贫搬迁成为"一把手工程"。县委副书记兼任生态移民局局长，县委副书记、常务副县长分任新市民临时党工委书记和管委会主任，直接统筹领导，提高了决策执行效率。推进易地扶贫搬迁，实施"新市民计划"，件件实事落得到地。

"搬得出、稳得住、快融入、能致富"是黔西南州实施"新市民计划"的奋斗目标。

围绕这四句话十二个字，全州8个市县，都有工作亮点，都有得意之笔。

去安龙县之前，2019年4月4日下午，黔西南州移民发展服务中心副主任张向明，带我们去参观了兴义城里洒金新市民居住区里的南兴社区。

洒金新区分为3个社区，南兴是最大的。入住搬迁农民有4000多个家庭19000人，分别来自兴义、晴隆、普安、望谟等地。按有劳动力家庭至少一人就业的标准，南兴社区就业家庭已达4038户。

眼前的南兴社区，"城市范"十足。

一栋栋楼房顺势排开。宽阔的街道，车辆川流不息。人行道上，人群熙熙攘攘。两旁店铺林立，餐饮店、服装店、电器行、美发店、超市招牌让人目不暇接。再远处，那些大型建筑，是市里一些有名气的学校。

南兴社区管委会副书记、主任文志华介绍，社区就是依托手工产业园和教育园区建起来的，等于是重新进行了资源配置。目前已入住20家企业，新市民就业1500人，而且一些企业还在招工。新市民中自主创业的还有上百人。中老年人就业这道难题也在社区破解。"锦绣计划"把50岁以上女性新市民组织起来，在家就业，民族绣品飞出大山，成了商品。按要求，社区周边要建一所中学、一所小学、四所幼儿园，确保新市民子女完全就学。社区卫生服务站使新市民小病不用出社区，二甲医院兴义市中医院也规划建在社区。文志华说，不断搭建就业创业平台，不断完善公共服务体系，新市民不出园区就可办妥生产生活上的各类事情，对新生活的满意度肯定会不断提升，新身份肯定会变成新的发展动力。

说话间，我们走到了社区服务中心。只见门口站着几十个人，有的在交谈议论，有的径直走进中心大门。一问，原来是来自晴隆县的新市民，今天专程来社区办入住手续，人人一脸喜气。

张向明副主任告诉我们，之所以让一些偏远县份的易地扶贫搬迁农民集中入住类似南兴这样规模较大、配套齐全的小区，初心之一就是让他们一步到位成为城市新市民，有效地阻断代际贫困传递。

这种"阻断"，已经是现在进行式。

28岁的新市民黄翠，曾经去外地打工，学过服装加工。回到家乡普安县楼下镇后，一天的活路就是照顾两个孩子一个老人，找不到其他事干。

烦躁之际，她会久久地望着两个孩子发呆："莫非他们将来也像我们一样穷？一样找不到更好的活干？"

不会的！

2017年，黄翠全家搬迁成为南兴社区新市民。她进入社区的"兴义市绣娘专业合作社"当工人，每天8小时工作制，早上把孩子送到幼儿园再上班，下午下班顺道就把孩子接回家，还有时间照顾体弱多病的婆婆。

她平日里话不多，可一开口常常会说几句话："做新市民真的好！月月收入固定，住100平方米的楼房；想想，像一个梦。我相信生活只会越来越好，娃娃们肯定不会再过我们从前过的日子了。"

社区管委会楼上下来不远处，有家"鸿润百货便利店"。四五十平方米的店面里，食品、饮料、米、面、油、日杂用品摆得琳琅满目，主人家陈昌英忙得不可开交。她是2017年从晴隆县碧痕镇搬迁来的新市民，贷款20万元办起这个便利店。丈夫身体不好，她就是店里的顶梁柱。笑脸相迎，耐心答问，"点进"商品，送货上门，小店开办一年多来，"回头客"越来越多。

陈昌英心中藏着个小秘密。

这些年日子越过越好,三个孩子都上了大学。宁愿自己苦点累点,她也想创造条件让孩子生活越过越好。"老日子回去不得!我相信将来的日子比现在还好!"

老日子回去不得,下一代会越过越好!这就是黄翠、陈昌英们成为新市民后,被新现实和新前景激发起来的内生动力。

保护和倡扬新市民的内生动力,其实牵涉两个重大问题和两项重要工作:易地扶贫搬迁农民搬出来怎么管?如何确保稳得住?

黔西南州的办法是"1+13计划"。

实施"新市民计划",州委、州政府统筹,13个有关部门分解任务,抓落实就不会落空。

南兴社区党总支书陈怀荣对此感触颇深。他觉得这种

做法对自己工作中敢担当、敢负责是一种激励。

陈怀荣也是新市民。建设发展新市民居住区,怎样进行融合性规划、整体化开发、一体化设计、市场化运营、系统化服务,他可以算是见证者,也是某种程度上的参与者。他觉得,新市民居住区建起来了,人搬进来了,公共服务保障体系、培训就业服务体系、文化服务体系、社区治理体系、基层党建体系都需要进一步完善。必须有分管分工,又协同发力,上下一心,把大事办好。

据张向明副主任介绍,"十三五"期间,黔西南州易地扶贫搬迁"新市民计划",涉及搬迁33.85万人。目前,已搬出25万多人,余下的八九万人预计2019年6月底前全部搬出。这又是一场需要合力打好的攻坚战。

不知不觉快到晚饭时间,我还有走访要离开南兴社区。走上街头,人行道上菜摊、水果摊生意兴隆,街边店铺人进人出,座座楼宇也透着生气,全然是城市生活的景象。我不禁有些感慨涌上心头。

新天地里新市民,这是易地扶贫搬迁中的一项创举。

在顶层设计上,不把将贫困农民从大山里搬出来简单定位于仅仅解决一时贫困问题,而是同区域经济发展、城镇化建设捆在一起考虑。对资源重新整合,统筹新市民居住区建设,既为搬迁农民搭建就业创业平台,又为区域经济发展、城镇化建设增添活力。反过来,让农民长期摆脱贫困、致富道路越走越宽的基础越来越稳固。

通过科学规划,新市民居住区功能齐全,城里人能享受到的权益、服务和便利，新市民都能分享。身份的变化，带来的必然是思想观念、生产方式、生活习惯的全面变化，最终推动人的素质的提升与变化。而这恰恰是脱贫攻坚中一项重要的题中之意。

这是心系群众、为了人民精心绘制的蓝图。经过扎实工作、上下协力，蓝图正在一步步地变成实际。

中国的脱贫攻坚应该被视为涉及经济、社会、精神、文化、人文多领域的社会变革。"新市民计划"为它添上了亮丽的一笔。

2019年4月6日

» 情满核桃林

1990年，18岁的高中毕业生杨开洪应征入伍。

这个农家子弟，同田土相伴了十多年。家乡兴仁市回龙镇杨家湾村，留给他的印象就是"穷"。

即将穿上军装，杨开洪难掩欣喜，亲人朋友也为他高兴。能不高兴吗？当时贫困落后的山村，年轻人要"把泥巴脚杆洗干净"，争取改变命运，只有两条路，一是当兵，二是上大学。

离开村庄前，杨开洪再看了一遍杨家湾的贫瘠山水，突然生出复杂的心情：家乡再穷，自己也不会把它忘记。可好男儿志在四方，将来生活的路，恐怕会离家乡越来越远。

这话，前半截当真，后半截却没应验。

2006年，杨开洪转业，乡愁把他和家乡的距离拉得更近。

转业后，部队给他一年时间，落实在地方工作安排的问题。这一年里，他跑家乡跑得勤。

十几年过去了,家乡变化不大。

乡亲们主要的活计,还是在几块瘦土里种苞谷,栽土豆,温饱倒是基本解决了,可手头钱紧。

也不是没想其他办法。政府引导种核桃,村里出现了成片郁郁葱葱的核桃林。可如今这些核桃树成了村民的心病。

当年宣传种核桃的口号是"三年挂果,五年丰产",大片的树,种下去七八年,果实却还不见踪影。农民情系土地,他们会算账,他们也等不起:与其中看不中用,地里不如改种别的东西。于是,有人提刀把长成碗口粗的核桃树砍了。不准砍!村民变着法子想主意,从核桃树根部向上剥去一圈皮,树得不到养料和水分,不用砍,也会慢慢死去。核桃树,在农民眼中不再是宝,而是愁!

看着这些场景,杨开洪心里急。没想到,核桃树的"生"与"死",把他同家乡和乡亲们捆在一起。

他本身就是农家子弟,又看过资料,做过调查,认定一条路:山区农民,希望在山,出路在树,而种植坚果是山区脱贫致富的好办法,山区的土壤气候更适合种核桃。

家乡那些不挂果的核桃树,能不能从"愁"重新变回"宝"?除了"砍"还有没有办法再现生机?

杨开洪决心要破解这道题。

西南林业大学、中国农业大学、浙江农林大学,频频闪现着杨开洪求教探索的身影。贵州大学农学院"核桃专家"潘学军教授,同他一起,数不清多少次地出现在兴仁、安龙成片种植核桃的田间地头。

潘学军教授告诉他，其实核桃真的能三年挂果、五年丰产，关键在于品种。但是，有了好的品种不是万事大吉，技术、管理跟不上，也难有好的收益。"果树是有灵性的，你不好好待它，怎么指望它知恩、感恩回报你？它就像一个孩子，从小长到大，不知需要父母付出多少心血。"

答案找到了：通过嫁接改良品种，掌握技术科学管理，长年不挂果的核桃树可以借此凤凰涅槃，是金子总该发光。

核桃树是绿色的，绿色是希望，是美丽。重新找回绿色，更是一种希望和美丽。

杨开洪想把潘学军等专家的理念传递给乡亲，在家乡

打造一个种核桃树能脱贫致富的传奇。

最初,是他转业后创办的中创生态农业发展有限公司打拼在前头。

后来,是他担任支部书记的贵州亿象网络科技(贵安新区)有限公司党支部,扛起了这面大旗。

在这个有11名共产党员的民营企业党支部中,退伍转业军人差不多占了一半。非公企业党组织要投身脱贫攻坚,当年的热血军人心中有永远不倒的战旗,他们支持杨开洪的决定:"非公企业建立党组织,我们找到了娘家。参加不挂果核桃的品种改良,我们找到了新的阵地!"

几年间,党支部与潘学军等专家联系,在兴仁市巴铃镇、安龙县汰统村等地,大面积嫁接改良核桃树4000多亩,并且开始初获效益。农民中出现了分化。面对活生生的事实,面对那些起死回生的核桃树,喊"不砍"的人渐渐多了起来,他们相信,靠科学技术能改变看似不能改变的现状。

当时,贵州省国税局驻道真县的扶贫工作队,听闻消息后,找到杨开洪。2016年开春前,亿象(贵安新区)公司党支部组织30多名技术、管理人员和工人来到道真。果树嫁接季节性强,只能抢开春前后两个月。天寒地冻,挡不住杨开洪们的满腔激情。他们对道真县390亩、7000多株七八年不挂果的核桃树进行了品种改良。扶贫工作队队长、副县长张定强好生感动,专门买下猪肉、水果,带着扶贫队员来慰问。

杨开洪情满核桃林。

他和核桃树的故事激荡人心。

2019年4月5日,清明节下午,杨开洪带我们走进安龙县钱相街道法统村,这里是他进行核桃品种改良最初几个试点区域之一。他要让我们见一个叫黄恩富的老人。

黄恩富骑着摩托车赶到核桃林边,见到他就直呼大名:"杨开洪,你可真是叫我们栽下了'摇钱树'!"

70岁的黄恩富原来并不种核桃,邻居们种核桃不挂果的事让他心悚。

杨开洪劝他试种经过嫁接改良的核桃树,黄恩富疑虑重重:"别人家种核桃树种出千般烦恼,我为啥又去跳这个坑?"

反复说明"此核桃"已非"彼核桃",黄恩富答应试试,这一试就尝到了甜头。

他在60亩土地里栽下1000多棵核桃。果然第三年就开始挂果,去年产下1万多斤干果,产值10万元,净收入几万元。

60亩种核桃树的土地,有20多亩属于其他几户村民,说好了有收获参与分成。这下他们怦然心动,别的村民也没法不动心。黄恩富成了活教材,他所在村民组的36户村民,都滋生出靠种核桃树致富的念头。

黄恩富在种核桃过程中有了一些过去没有的体会,他说,这也应该算是一种收成。

"首先得把账算准。种一亩苞谷,费尽力气一年也不过收上800元。拿一亩地种15棵核桃树,开始挂果,1棵树能收10斤干果,15棵树就能卖出1500元,哪个划算?不过，要把这1500元牢牢握在手上，还得花力气、下功夫，像过去种苞谷、种土豆那样用劲上心。当然，还得学新技术，不是说品种好了，你就能把树丢在地里不管不问。"

种核桃树还有一个好处，黄恩富这般年龄的人体会最深。现在农村留守老人多，缺乏劳动力，老人来管护核桃树，精细程度肯定比种地低。活少活轻可以自己干，活多活重还能雇人干。这样盘算下来，时下一些农村地区，种树胜过种地。

杨开洪说，像黄恩富这样，对核桃品种改良先是犹豫不决甚至怕这怕那，最后尝到甜头抢着种带动大家种的农民还有。关键是怎样用事实打动和说服他们。

2019年4月4日，到黔西南州第一天，我们顺道去了兴仁市，就碰上了几位这样的农民。

回龙镇平寨村村民张光禄，当年种下的核桃树七八年不挂果，整天愁眉苦脸，打不起精神。杨开洪和潘学军把他当成重点帮扶对象，实施品种嫁接，教他科学管理，让"死"树复活，张光禄看到前景来了劲。他用自家宅基地和田土，换来几座山头，种下上千株核桃。去他家果园转转，棵棵树都挂上了果，大家都说今年肯定有好收成。

巴铃镇紫冲村村民曾光洪，在杨开洪、潘学军帮助下，种下的30亩核桃树经过品种改良，3年就挂果，他逢人就说："事实摆在那里，不能不相信。"他带我们走进自家核桃林，只见地头放着一堆堆从猪圈里起出来的有机肥。曾光洪岳父开着养殖场，他已经向岳父预订了肥料，今年要对树林翻耕施肥，"功夫不负有心人，费了力总会有回报的。"说这话时,他一脸自信。

杨开洪也有自己的苦衷:"这样的人和事当然让人欣喜。但总体来看,核桃树从大家喊'砍'到大家想种,确实还要经历艰难曲折的过程。"

第一道艰难曲折,是对种核桃到底能不能致富,在认识上如何统一。

种核桃真的能让山区农民脱贫致富吗？有人不这么看。

杨开洪把账算得很精细，有机会就在农民群众和基层干部中宣传自己的道理。

俗话不是说"桃三李四枇五核十一"吗？核桃虽然比其他果树挂果晚，可一旦结果，持续时间之长就非其他果树可比。云南省林科院一位70多岁的老专家，十六七岁进院时，嫁接的核桃树，现在还在结果。有记载的挂果核桃树，最长的树龄已有600多岁。这说明，种好一棵核桃树，能让几代农民受益。

核桃干果售价高于不少常见鲜果。随着消费者对食品质量要求不断提升，核桃制品的市场前景必定越来越看好。核桃树蔚然成林，又给发展林下经济提供了广阔空间。只要细心经营，哪有不富之理？

还有必须战胜的艰难曲折，那就是真正做到多方协力，在发展核桃产业上形成"政府搭台、企业唱戏、农民参与"的局面。

杨开洪认为，发动群众种核桃之初，基层有些同志把事情想得过于乐观了些，对可能发生的困难和问题缺乏预案，一旦出现诸如七八年不挂果的事就有些束手无策。只是命令式地"不准砍"，治不了农民的心病，挡不住无奈中举起的刀斧。

有企业愿意参与发展核桃产业，但没有政府的协调和方方面面的支持，很多时候也会心有余而力不足。比如核桃品种嫁接改良，政府不引导不参与，企业的示范推广会面临更多阻力。

杨开洪对我们说:"我经常望着成片郁郁葱葱的核桃树想,有了树,核桃产业扶贫任务已经完成了90%,剩下的10%就是'最后一公里',这'一公里'最难走。要让不挂果的树挂果,要让农民掌握先进技术懂得科学管理,十指握成拳当然比一个指头有力,'最后一公里'得大家一起走!"

有人问杨开洪:"这场'核桃之战'你还准备打多久?"

他的回答不假思索:"山区老百姓真正靠核桃脱贫致了富,才是我的归期。"

按照省委组织部要求,亿象(贵安新区)分公司党支部在兴仁、安龙、道真三地发展核桃产业,下一步,将加大力度破解品改、技术、管理、加工、销售五道难题。

还有人问杨开洪:"与核桃树结缘,什么使你最难忘?"

他的回答铿锵有力:"作为曾经的热血军人,我不能忘记脱贫攻坚使我找到了新的战场。作为一名共产党员,我不会忘记自己和党员伙伴们在新战场上重新燃起的信念和情怀火炬!"

核桃树,杨开洪想用它改变许多人的命运。核桃树,杨开洪也被它悄然书写着离开部队后的人生。

2019年4月7日

» 扶贫战场上的赤诚军魂

2019年4月5日中午,我们要从兴义市赶往安龙县。该走了,一个约好相见的人还没有到,只好用手机催。

正在用手机看时间的当口,一个中年人急匆匆地走进我们住宿地的大厅,手里拿着一本《爱国主义教育展览馆》的彩印设计图。

来者叫王秉跃,是我们要见的人。

王秉跃的职务有点特别:黔西南州高新技术开发区龙广镇纳桃村复转退伍军人党支部书记。兴义军分区的同志告诉我们:这个人身上故事多得很。

不用发问,王秉跃坐在大厅沙发上主动讲起了故事。

"对不起啦!让你们久等了。这些天一直在跑展览馆的事。为什么要建这个展馆?那是因为我们村军旅情怀和文化的氛围太浓!这是多大一笔财富啊,不能不用它来教育和激励后人。"

纳桃是个有3000多人的大村。纳桃村荡漾着几代军魂。

北伐战争、抗日战争的战场上,都有纳桃出去的兵。现在全村有47名复员退伍军人。王秉跃1985年退伍,村党总支书记和第一党支部书记也是退伍军人。

王秉跃退伍后当过龙广镇党委副书记、镇人大主席。他看不下家乡的穷,总在想,自己这个曾经的兵,应该怎样带着大家赶走"穷"。

2015年12月,兴义军分区按照贵州省军区"军分区参与地方脱贫攻坚"的要求,与黔西南州委、州政府联合成立"黔西南州军民融合脱贫攻坚团",王秉跃带着乡亲"赶走穷"的愿望终于成为行动。

在脱贫攻坚团的帮扶下,王秉跃带着6个易地扶贫搬迁农民去广东学技术、接订单,回乡成立制衣厂。从此一路风生水起,在军分区的支持下,"复退军人创业园"应运而生。刺绣产品、电子加工、药材种植、水果种植、职业培训,能涉足的都涉足,16个小微企业组建成集团公司,成员不仅有退伍军人,还有返乡农民工、残疾人。军魂在脱贫攻坚战场上闪亮,王秉跃成了全州复转退伍军人的一面旗帜。

来黔西南州之前,我同四川大学校友、兴义军分区副司令员王文建联系,想请他介绍一些这方面的人和事。谁知"军令如山",他接到调任贵阳警备区政委的命令,匆匆赶往贵阳。好在当天他连夜赶回兴义处理相关事情,回来第二天,我们有一次短暂会面。

见面第一句话，他说："从兴义到贵阳，有三个来小时的车程。望着车窗外掠过的一座座苍翠的山峰，想起五年多来，兴义军分区参与地方脱贫攻坚的历历往事，真的是心潮难平！"

他说，像王秉跃这样在脱贫攻坚战场上展现老兵风采的，在黔西南州可不是一个两个人。

军地融合脱贫攻坚，复转退伍军人既是帮扶对象，更是坚强的主力军。

聚合复转退伍军人和民兵中的能人以及一些现役军人的社会关系，充分发挥他们的特有优势，让他们在脱贫致富中当先锋、打头阵，本就是军民融合脱贫攻坚的既定方针。

有了平台，传奇不断。

贞丰县珉谷街道对家寨村退伍军人雷兴刚，一段时间因为发展缺资金缺技术不断上访。

部队领导见到他，听他讲了情况，开始发问：

"你过去当兵为什么？"

"想保卫好日子。想自己过上好日子，想大家都过上好日子。"

"这不就对了！拿出过去那股劲，现在什么事只要想干会干不成？创业才有奔头！"

雷兴刚决心重当一回"兵"。

"脱贫攻坚团"协调地方政府，雷兴刚等26名参战老兵参与的"老兵野兔养殖合作社"越办越红火，争取到40万元无息贷款，选送老兵到贵州大学学习技术，联系成都、宁波等地的商户，养殖野兔存栏数2000只以上。合作社还与周边贫困户签订协议，带动更多农民养野兔脱贫。

望谟县复退军人廖家军，退伍后在云南多年从事养殖业。应"脱贫攻坚团"之召他回乡创业，自费投入近300万元，修建生态化养殖圈舍，带着整个村民组走上小康路。晴隆县光照镇凉水村父子两代民兵连长徐洪明、徐君志，引领村民种出5000亩经果林，户均年收益从5万元增长到20万元。

耕食者种植合作社、锐源养殖合作社、黔仁茶生态农业旅游公司，一大批由退伍老兵创办的企业，通过"脱贫攻坚团"的支持，在黔西南大地上如雨后春笋，锋头正盛。

不仅是让"老兵"当脱贫攻坚带头人,"脱贫攻坚团"本就透着"兵"味,集团作战是它的优势。

军民融合脱贫攻坚三个重点村——义龙试验区顶效镇楼纳村、兴义市则戎乡冷洞村和兴义市的纳灰村。三个村的故事各不相同,但都闪射出军队心系地方、关注地方、支持地方的一往情深。

纳灰村,主打观光农业,投入80万元建立"美丽乡村种植合作社",主抓经果林、早熟蔬菜、林下种植,已让农民增收数十万元。

冷洞村,金银花是村民的主要收入来源,又是"贵州精神"的发源地。两个财富一起抓,形成"山顶戴帽了、山腰钱袋子、山脚粮坝子"的绿色生态发展格局。

楼纳村,以种养业为主特色,调整产业结构,推动土地流转,建立无公害蔬菜示范基地,创办猪牛羊养殖场。农作物与经济作物比例达到3∶7,农民增收门路更广。

三个村的融合作战,都取得了实实在在的成绩。

黔西南州有8个市县,脱贫攻坚团有11个营。11个营的"战果"都实实在在,老百姓真心实意地赞叹"鱼水情深"!

集团作战还有一个主战场。

2014年5月的一次调研,望谟县麻山镇卡法小学的现状,让"军民融合脱贫攻坚作战团"的同志们心疼。

全校300多名在校生,留守儿童居多。山里路难行,有的学生往返家和学校,一次要走两个多小时。学校不但没学生住的地方，连老师都没宿舍。孩子们只好每学期花几十元钱，借住在附近老乡家里。放学之后，有学生住的老乡家会有一道独特风景：沿着墙根排开一溜小锅，学生们用自己砍来的柴做饭，锅里没有菜，只有盐和米。

卡法村是当年红七军战斗过的地方，如今却陷入"成家早、小孩多、不上学、继续穷"的恶性循环。扶贫先开智、治穷先治愚，战场能不能选在这里？

部队一位领导同志把现场所见拍成照片，在手机上发出，很快募集到了4万多元捐款，这些钱被用来为卡法村贫困学子买字典、买衣物。

但这些钱不能解决所有问题。

兴义军分区的同志们在深思。

"红军当年闹革命，不就是想让人民过上好日子？改变卡法村教育现状，我们责无旁贷！"

军分区协调经费300多万元，改建学校，新修学生和老师宿舍，配置电脑、图书馆、各种教具，适龄儿童入学率达到100%。

不仅盯着孩子，"治愚""开智"还得从源头抓起。在部队帮助下，卡法村农民夜校和扫盲班相继成立。父母和子女一起学，不仅学文化科技知识，也接受精神道德教育。村民们乐了："这才像老区的样子！"

军民融合脱贫攻坚，驻黔西南州部队协调整合各方资源，帮扶20多所小学，建立了4所"八一学校"，同11所民族学校结成了共建对子。

师资薄弱是农村学校的通病，在帮扶共建中问题迎刃而解。协调北京大学、四川农业大学等院校的大学生来支教。贵州师范大学把实习基地建在黔西南州的乡村学校里。大学生实习可以直接"接地气",乡村学校老师能有计划地上城里培训,又为农村学生打开了了解山外世界的"窗子",这种"多赢"局面,归根结底,对提升农民素质有利。

在部队重点帮扶的兴义纳灰村,让精神家园更充实、让民俗民风富有新意、让乡村环境更加靓丽,是军民共同关注的话题。

中央电视台少儿频道主持人鞠萍,带着《大手牵小手》栏目组,来到楼纳村八一军民同心民族文化广场,与部队官兵和村民、小朋友一道,现场录制《大手牵小手——黔西南行特别节目》。清新的乡村风光,布依族少年表演的"八音坐唱",军民共同战胜贫困的决心,打动着节目组的人。鞠萍称赞道:这是她见过的最美丽的布依族村寨。

3200人次民兵参加冷洞村"贵州精神展示走廊"建设。"干部夜校·每周一讲"课堂内容吸引人。部队援建的楼纳八一爱民学校多媒体教室,为师生打开通往信息化的大门,越来越多的学生掌握了基本技能,90%的老师已经能熟练制作和运用多媒体课件授课。

教育、精神、文化——军民融合脱贫攻坚另一个集团作战的战场上,同样是精彩纷呈。

军队来自人民,军队为了人民,参与脱贫攻坚,是军队义不容辞的责任。

王文建告诉我们,军人的忠诚和担当,军人于党、于国、于民的满满情怀,让他们在新时代,在脱贫攻坚战场上,用新形式展现出赤诚军魂。

册亨县冗渡镇美井村一位参战老兵,退伍回乡后担任过村支书。他带着村民修通了路、接上了电,种植产业发展有了起色。后来因为某些原因,没有再当村支书,还受到党内处分,精神便有些消沉,只埋头于自己致富的事,村里的事就不大过问。

王文建开门见山道:"再这样,你怎能对得起牺牲的战友?你在战场上死都没怕过,还怕处分?哪里跌倒哪里爬起来,我相信你能!"

老兵拉开了话匣子。他想起烽火战场上那些让人忘不了的场景。军人以服从命令为天职，痛定思痛，一下子振作了精神。后来，他终于用行动得到大家重新认可。

　　曾经的兵，在这场伟大斗争中，找到了归属感、自豪感、责任感、成就感。

　　现在的兵，在这场伟大的斗争中，方向鲜明，深沉坚定。他们知道，艰巨的任务还在前面。

　　脱贫攻坚战场上，飘扬着猎猎军旗，飞扬着赤诚军魂。

2019年4月9日

（本文摄影者：赵福明）

》"龙头"舞起英雄气

林盘是个深度贫困村。

说组数字,你就知道它在贫困的泥淖中陷得有多深——2014年,全村829户3528人中,识别出贫困户406户1594人。贫困发生率超过48%。

谁喜欢贫困?

一些林盘村民,尝试着往土地栽些值钱点的东西:蔬菜、水果、经济林……可巴掌握不成拳就没力量,虽然个人收入有些增加,却不能在全村形成产业。村民中出现了"两极分化":青壮年想方设法外出打工;中老年守着家园继续在田土里刨食。希望难觅,贫者愈贫。

最近几年,林盘村的变化又让人刮目相看。

2018年,减贫幅度最大。村里贫困户只剩132户379人。2019年计划114户338人脱贫。到2019年底,贫困发生率就会不到1.6%。

2019年4月12日一早,我们驱车赶往独山县,林盘村在独山县基长镇。

县领导说，是打造产业链让林盘村的"变"脱胎换骨。"具体的人和故事，你们还得上村里去找。"于是，午饭之后，我们就往林盘村赶路。

林盘村"两委"办公室里，驻村"第一书记"李中原、村党总支书记韦自文、村党总支常务副书记蒙正勇、驻村脱贫攻坚"尖刀排"排长田茂彪等一干村里的主事人，都显得有些行色匆匆。一问，其中好几个刚从地里回来，村里要在已有1200亩桑树基础上扩大种植规模，他们是到田间地头为流转土地忙活去了。

种桑养蚕，林盘村展示出规模化、工厂化的样式，这是一块打造种植养殖产业链的阵地。

如果没有县委、县政府招商引资从广西引进龙头企

业，在基长镇建起贵州恒盛丝绸科技有限公司，也就没有林盘村这块阵地。

依托恒盛丝绸建起的"独山林盘农业发展有限公司"好生气派。

近35亩的土地上，几十栋育蚕厂房有序排开，总面积17000平方米。顺着通道走进厂房，有人在整理设备，有人在清扫环境，有人在做其他准备工作。至于育蚕车间，那是不准人随便参观的。在这里务工的工人，都是林盘村村民。

31岁的公司经理韦自能，身材高挑，戴着眼镜，看着文文静静。他在公司当了几年经理，说起这段经历，像讲一个励志故事。

韦自能说，龙头企业带活了林盘村种桑养蚕业，也让一个年轻人改变家乡面貌的想法落到了实地。

他是村里老支书的儿子，2009年从南昌理工学院毕业后，虽然学的是机电一体化技术专业，但却想回家乡来谋发展。和他同班的几个外省农家子弟，因为志同道合，成了好兄弟。

可回到林盘村一看，现实又让他心寒。种什么？养什么？村里人拿不定，他也想不好，第一步就迈不出去。

后来，他去了深圳，在一家电脑企业做了工程师，但家乡产业发展的事成了他一块心病，想放也放不下。再后来，他还是回到林盘村附近的一个电站工地工作，专业对口是原因之一，藏在心里的秘密，却还是想为改变家乡找机会。

2017年四五月间，镇上和村里干部轮番找上门来，想让韦自能出任准备成立的林盘农业发展公司经理，领着大家种桑养蚕。

韦自能心中且喜且忧。

喜的是，终于有了实现自己心愿的平台。忧的是，村里产业发展的现状，在他心上投下了不容易抹掉的阴影，干不干得成？他有顾虑。

带动林盘村种桑养蚕的龙头企业，老厂是广西宜州的民营企业恒盛丝绸公司。到广西走了一遭，韦自能心中的喜战胜了忧。

因为与恒盛丝绸建立了固定的产销关系，宜州一带农民家家户户都种桑养蚕，很多人家借此走上了脱贫致富路。榜样摆在那里。龙头企业承诺，在基长镇和林盘村也要同样建立紧密的生产、加工、销售一条龙链条体系。而且，人家告诉他，独山的气候特别适合种桑养蚕，还犹豫什么呢？

"行！这个经理我当了。"

韦自能有个大学同学，两个人同一天从深圳那家电脑公司辞职，都想回乡来干一番事业。这下在手机朋友群里聊天就有了新内容。同学在甘肃，在手机上发了几句透着信心的话："我在家乡带着乡亲们种了几百亩苹果，趁早回来干还是好！"韦自能这边回话，不但有信心，还有压不住的喜气："我也要带着乡亲们种桑养蚕了，等着我的好消息吧！"

镇、村干部全力支持,韦自能把林盘农业发展公司经营得有声有色。林盘村脱贫致富走上了看得见、摸得着、有效果的路。

全村流转了1200亩土地种桑树,一些丢荒土地有了新用途。土地流转费每年每亩600元。土地少的人家一年收入2000多元,多的要到七八千元。到公司打工,不严格限制年龄,六七十岁的人也能找到岗位,很符合村里留守老人多的实际。参加种桑养蚕的村民每年还有项目分红。对贫困村民来说,几笔加起来就是很可观的收益。

2018年5月至10月,是桑蚕养育高峰期,在公司务工村民有300多人,他们以3种不同身份获得收入。养蚕工人每月2500元至3000元;桑园管护按日计酬,每月也在2000元以上;摘桑叶每斤0.4元,效率高的工人日摘400斤,低的也有两三百斤,日收入100元至120元不等。

种桑养蚕业把全村406户贫困户都带了起来。

既有土地流转费保底,进公司务工又有一定自由选择度,可以按自己实际情况决定增收途径。而且公司还对贫困户倾斜,每个贫困户在养蚕车间里有28.5平方米面积可以自由支配,自己养蚕,公司收购。渠道多了,脱贫的步子当然会加快。

"这几年,在龙头企业带动下,我们发展种桑养蚕业,我看最大一个变化,是种、养、加、销一条龙让大家没有什么后怕的,再没有茫然的感觉。过去,干部们总说要激发我们脱贫的内生动力,但始终觉得这话太远,现在这些实实在在的事，你不讲都摆在那里了，人家会看。"

然内村民组村民周余扬是村里种桑养蚕大户。他家400多平方米的住宅立在路边，证明着经济实力。说这番话时，听得出底气。

周余扬是共产党员，曾在外打工多年，见过世面。赶种桑养蚕这股"浪"，他几乎毫不犹豫。

带我们走上坎去看种的桑树，他还抽空给我们算账。他流转了105亩土地，种叶桑80多亩、果桑20亩，政府代建了1300平方米蚕房。2018年带动50多人就业，自家养蚕收入8万多元，今年要翻一番。他有一个长远的计划，想在政府帮助下，把种养基地搞到一万亩，"这样，就可解决6000人就业，规模大了，才能出效益"。

周余扬是个乡村能人，他这样想这样做有自己的分析："过去村里种这个种那个，为什么都没成气候？因为是在小打小闹。现在龙头企业带着种桑养蚕，就是另外一回事了。人家免费提供技术和蚕苗，说好有了效益再扣除这些费用。销售也包了下来，你能养多少人家就收多少。这么好的条件，再把蚕养不出来就是我们自己的事了！"

"再把蚕养不出来就是我们自己的事了！"村党总支书记韦自文对这句话特别有感觉。他问，你们想过没有，如果没有县里引进龙头企业，镇上全力搭好这个平台，群众要讲出这种脱贫攻坚靠自己的话，还得等多长时间？

当然，也有另一种类型的事例。

还是2019年4月12日下午，我们在麻球村民组见到了正在为桑树除草的水族村民谭文翠。52岁的谭文翠这几年碰上了伤心事。

她的丈夫会开车,原来家里日子也还过得下去。2016年3月,丈夫帮人盖房子摔成高位截瘫。从此,一家六口的生活担子要由她一个人挑。起早摸黑,流汗流泪,还得受丈夫的气。人在床上躺久了难免找碴子。出去忙回家晚了点,饭送到嘴边迟了几分钟,轻了挨丈夫骂,重了他还摔东西。今年,公司有意吸收她参与桑苗管护,但家庭实际情况让她无法正常上工,月收入也只有几百元。讲到难过处,谭文翠止不住泪水。

韦自能和村里干部表示,这虽然是个特例,但谭文翠的遭遇一直被他们关注着。"我们想尽一切办法为她解难,种桑养蚕发展了,也一定要特殊考虑她和她家的问题。不是说脱贫攻坚一个都不能掉下吗?我们会想办法答

好这道题。"

　　大家都在夸说龙头企业。建在基长镇上的贵州恒盛丝绸科技有限公司，确实让人对林盘村的现在和将来有了底气。

　　公司是家有规模的现代化工厂。缫丝厂厂长钱洪平来自丝绸之乡四川南充。他兴致勃勃地带我们从缫丝生产线看到丝绸生产线，然后拿出一份公司五年发展规划。按照规划，企业的带动能力还要更上层楼。

　　公司自建种桑基地3000亩，带动全镇种桑上万亩。去年丰产期收干茧800吨。而这只是第一步。今年工业板块生产能力就要扩大，实现产值1.5亿元，新增就业岗位150个。力争2019年末创省知名商标，2020年创省名牌产品，2022年争创国家驰名商标。农业板块，到2020年底，要建蚕厂100个，年产优质蚕茧160万公斤，新增就业岗位6000个。利用桑园桑枝种植食用菌，新增农业产值3亿元。2021年，在基长镇建成3万亩桑蚕基地产业园区，增加就业岗位18000个，增加综合农业产值4亿元。

　　龙头企业前景越广阔，农民脱贫致富的信心越坚定，应该有更多类似林盘村这样"改天换地"的新故事被讲出来，被讲下去。不过，规划能不能变成现实，还需要锲而不舍的努力，也需要多方面的协调支持。

　　快到晚上七点了，我们离开恒盛公司去县城。

　　林盘村第一书记李中原和几位村干部在一个路口等到了我们，说有几句话，还想聊聊。我们将就路边一个平台，拉过老乡家几张塑料凳坐了下来。李中原是黔南州司法局办公室副主任，派驻林盘村工作，村里种桑养蚕的事给他不少启发。他说，靠发展产业脱贫，现在大家都认这个理，但做起来有成功的也有失败的。林盘村的成功源于三个推动力，这三者缺一不可。政府引导政策支持是第一。林盘村这几年每走一步，都得到各级党委政府的关注。其次，必须符合当地实际。有了这个前提，土壤、气候条件适合种桑养蚕自不待言，剩余劳动力多这种看似负面的条件也从负变正，劳动密集型产业正需要他们。而且抓准了群众心理，产加销一体化让他们放心，见效又快，又让人看到了实实在在的好处，当然大家都愿干。说千道万，三是龙头企业的作用相当关键。没有它们，激发群众内生动力没有平台，再好的愿望变不成实际。

　　林盘村，三股绳拧成一股绳。明天会更好！这句话，在这里，落得到实地。

2019年4月14日

» 一场特殊的对话

独山县城北出两公里,一片简欧风格的建筑群矗立在路旁。

我们是2019年4月13日下午到那里的。

但见远远近近几十栋六层高的楼房,依山势而建。房子通体刷作浅黄,墙上嵌有类似浮雕的装饰,屋上盖着蓝色的瓦楞坡顶。黑色的沥青道路在楼群间蜿蜒,一排排路灯造型别致。路边,孩童们欢声嬉戏。空地上,大的有乔木,矮的有灌木,以及正在返青的小草,几种绿色连成一体,像幅画,让人赏心悦目,用宁静幽美形容,不为过誉。

这是一个高档居住小区?

不!这是独山县鄢家山易地扶贫搬迁安置区,现在叫鄢家山社区。

县扶贫开发办副主任莫友良、社区党总支书记梁开恩介绍:社区占地400多亩,有69栋两单元24户的楼房,建筑面积16万平方米。住满的1588户人家,是分别来自县里7个镇的贫困户。

见我们不断感叹贫困农民住房环境和条件的"今非昔比",莫友良、梁开恩提议:"你们想不想知道新区里更多的故事?上他们家看看怎么样?"

"那当然好!"

"走!"

几分钟后,我们走进一户搬迁农民家里。来自影山镇桑麻村的吴支荣,一家四口住在四楼,按每人20平方米的政策得到了一套80平方米的住房,三室一厅一厨一卫,因为不计公摊,吴支荣坚持说自家面积实际有上百平方米。搬进这套房子,吴支荣家不花一分钱,反而得到政府几千元奖励。

客厅里摆着简欧式沙发,壁挂电视、冰箱等家电也与

城里居家无异。吴支荣带我们参观了厨房、厕所、灶台、卫生设备、屋内管线，都是住进之前就免费安好的。他拿着一幅照片指指点点："左手边是我老屋。你看，这木板都朽歪歪的，是危房啊！哪天鸡粪不拉满了楼梯？同现在的房子比，简直是一个天，一个地！"

"你问我住进新房子是哪样感觉？告诉你，感觉复杂得很！我是有忧有喜。"

莫友良、梁开恩劝他放开话匣子，有啥说啥；还告诉他，自己也有话要向他讲。

没想到，一场特殊的对话，就这样开始了。

吴支荣：

搬来四个多月了，还是有些不适应。

在老家，屋后栽得有菜，房前跑得有鸡。干活路搞晚了吧，在地里随手掐几把菜，盐巴合水煮，再怎么得将就也是一顿饭。

现在不行了。买几棵葱葱都要掏现金，买哪样都要拿钱。

不过也有好的。在村子住时，上趟镇里买东西，骑摩托车要一个多小时，走路得四个多小时。这里虽说哪样都要钱，可样样都有，想吃哪样想买哪样都由你挑，乡下城里真不一样。

还有一个好。在村里早上6点就要起身，摘完茶叶还要给娃娃弄饭。下午在茶园田土里忙，晚上累得恼火，看下电视就要睡。现在如果干活回来早，看电视时间就比过去长。

农村说进屋带得一脚泥，现在进门要换拖鞋。乡下挖个坑垫块板就是茅房，如今家里的厕所叫卫生间。社区环境这么好，吃完晚饭还可以出去散散步，在乡下哪有这种事？我想这样过久了，孩子们都会养成好习惯，彻底变个样子。

哦，忘了讲一个不方便。村里哪家不认识哪家？大事小事一喊有人应。这里认识的人太少，打听个事都麻烦，孤单得很。不过，我是楼长，有机会和人多接触，接触多了，总会慢慢好起来吧。

莫友良：

让贫困户搬进安置区难，让他们适应新环境、融入新生活更难。

不过细细一想，很多事也是人之常情。

哪辈子农民有过进城住洋房的事？山区农民哪来城里人过日子的习惯？千百年来过惯了的日子，叫你们改过来必须有个过程。关键是我们要上心！我就不相信，用我们的心换不来你们的心。

老吴，你还没忘吧，刚进社区时，大家垃圾随处乱扔，道路边、花园里有多脏？你也还记得大家闹出的那些笑话吧。

有人不会用煤气，不会用厕所。有人垃圾往厕所里倒，开着水往下冲。吃肉啃骨头，骨头顺手扔进马桶，堵了多少回下水道？公共汽车停靠有站台，老乡们却习惯了"招手即停"，弄得驾驶员又好气又好笑。

我也是个农家子弟，理解你们。但来都来了，不变也不行。这变，我们两边都有责任。为什么我们要办"市民化培训班"，你们人人去上课，为什么不但向你们宣传党的政策，不但教城里人的生产技巧，更多的是教你们怎么像城里人一样生活？就是想方设法地提高你们的生活质量，就是在促进这个"变"呀！

帮你们"变"，帮你们适应，不是一天两天的事情。不断提高服务能力，让你们感觉到更多方便满意，就是要解这个难。反正我是下了决心，和你们"捆"在一起，看着你们从心里转变身份。不着急，慢慢来，有什么想不通的都给我们讲，我们有什么想法也同你们讲清。

吴支荣：

还有件揪心的事。

在村里，上苞谷地转转，去山上拾把柴，都觉得是干活。在城里，找得到活干才是干活，找不到活，闭在家里人就没精神。

像我这样50多岁的人，又没多少文化、多少技术，干也只能干粗活，而且不稳定。企业一般不收我这样年纪大、文化低的农民，咋整？刚才不是还讲，讲城样样花钱，赚不到钱，生活就难过。拿这一点比，好像就不如在农村。

梁开恩：

这话就得分两头讲。

先算算你家的账。过去种稻子，耗时三个月，能卖个

2000多元就不错了,还没扣除成本。你种了3亩茶园,一年也能赚个万把元钱。进了城,打工每月有2000元到3000元的收入,就算不是月月有活做,干半年的收入也超过在乡下一年。你老婆曾在绣品箱包厂打过工,我们把她安排进企业,每月都有2000元左右的固定工资。这笔账算清了,你肯定不会觉得住进城里比农村亏。

解决你们就业问题,要走两条路。能协调企业吸收你们当然好,把社区村级集体经济做成气候,也能解决大问题。

我们借钱办600平方米的超市,利利用项目办创业小屋,原因就在这里。

老吴,我还注意到一个现象,不知想法对不对?年纪大的农民进城就有个反差,过去60多岁了还能干农活,所以现在特别注意工作和收入的事,其实你们要的是精神支

柱。村级经济创造就业机会，我们就会把年龄门槛放宽。

这样做是对你们心路的。用项目资金办18个扶贫创业店铺，60多个人来报名，说明大家还是认多种办法解决就业这个理。

莫友良：

梁书记讲到精神支柱，我就顺着这话头讲下去。

贫困户搬进了搬迁社区，有新生活，更要有新精神。我们加强文化服务就是冲着这个目的来的。

其实，有些办法也在跟你们学。

住进了新社区，有人还是习惯向社区要这要那，这不满意那不满意，不太习惯"从我做起"，靠自己解决问题。开会讲道理吧，你在上面讲，他在下面开小会，效果自然不好。

后来，我发现你们二三十个人坐在一起"摆白"（聊天），大家都放得开，笑笑闹闹中就把一些事讲清楚了。我们要学会把大道理弄来"摆白"，把你们的心和我们的心连在一起，你们越适应新生活，我们越有成就感。

对话本是无心，言者却是有意。

一场特殊对话，搬迁贫困户与扶贫干部互相交了底。

"书记、主任，我相信政府，可好多事得从自己做起。"

"老吴，谢谢你！告诉我们这么多心里话，晓得为你们搞好服务还得朝哪些方面使力。"

从吴支荣家出来，上车前，经过搬迁农民吴龙兰家。

69岁的吴龙兰从影山镇紫林村搬进社区。家住一楼，正和儿子、媳妇在门前水泥地上整理着一袋袋"金樱子"，这是一种俗称"蜂糖罐"的山里干果，据说在广东等地很有市场。

儿子周元江是洛阳师范学院毕业生，儿媳韦静毕业于兴义民族师范学院。两个年轻人在学校时就熟稔了城市生活，毕业后开始了电商经营。作为因学返贫的贫困户搬进社区，环境、条件正中他们意。在家里开起电商店，"金樱子"等山里土货就这样发运到外地。

周元江、韦静还觉得这里天地小了些。

联系客户、扩大货源，还需要更多的交往。囤积货物、出货送货，对仓房也有更大的要求。他们说，得想办法上县城里找块大些的地方。

我们向县里同志讲了自己的感觉：周元江、韦静们是不是代表着易地扶贫搬迁农民中的新锐力量？他们有知识，了解外面的世界，有了搬迁社区这个平台，很快就能融入新的生活。而吴支荣们，身上有着更浓厚的农民色彩，融入速度相对要慢些。但只要他们有意愿，政府和干部不断助力，这种融入迟早会实现，曲折多一些，但说不定融合会更扎实。

真希望下一次再见到这些"新市民"，他们会给我们带来更多惊喜。

2019年4月15日

》女排长和她们的"尖刀排"

独山县脱贫攻坚像打仗。前线指挥部下面有61个尖刀排,尖刀排里,11个排长是女的。

副指挥长、县政协副主席、县扶贫开发办主任张德兰也是女同志。她说,尖刀排要在脱贫攻坚关键阶段啃"硬骨头",补齐短板、联系群众、信访维稳。挑这么重的担子,女排长不比男排长差。因为她们的女性特点,在做群众工作时,还显出了特别的优势。

尖刀排排长是县直部门主要负责人、各镇镇长和人大主席,带的兵则是县直部门干部和镇、村干部。女排长还多了几个身份:妻子、母亲、女儿。要求她们每月22天必须在村,业绩怎样,不上"红榜",就得上"黑榜"。这压力可不轻。

女排长们干了什么?女排长们在想些什么?

2019年4月13日上午,在独山县脱贫攻坚前线指挥部,11位女排长与我们集体相遇。

岑丽（基长镇狮山村尖刀排排长、县文化广电和旅游局局长）

当了几个月排长，最深的体会就是要用我们的真心换群众的真心。

进村第一天，走访一个特殊家庭。女主人摔伤6年，因为开销大怨气也大，村里干部都觉得她难缠。我听她不是本地口音，是平塘人，便攀起"亲"来："我老公也是平塘的，该叫你姨妈哩（随孩子叫）！""这门亲你认还是不认？""认了！不过你以后要常来，陪我摆白（聊天）哦，我一个人待在家里好闷！"春节过后，我正式住进村里，又带上一包糖果去她家串门，她感到有一些意外，坐了几分钟，才说最近身体不好，可能要上县里看病。"你到时能来看我吗？"住进县医院后，她给我打来电话，我马上和爱人一起去看她。她这才相信我的真心:"看来你是真的要认定我这个姐妹。以后我再不给你们添乱了!"

周金萍(府尾镇新董村尖刀排排长、府尾镇人大主席)

脱贫攻坚既造福贫困农民,又是年轻干部成长的课堂。我得说说尖刀排里一个曾经的战士。

他是来自甘肃的一名大学毕业生,在毕节找了女朋友,想在那里安家照顾体弱的父亲,因此辞了职。2019年4月2日全县召开春季脱贫攻坚观摩会,150人要来镇上。2019年4月1日他从早忙到黑,参加整治环境;2019年4月3日才离开独山,他说我其实真不想走,同独山的农民结下了感情。这样的年轻干部,我们排里还数得出好几个。

胡思明(百泉镇尧梭村尖刀排排长、县直属机关工委常务副书记)

对不起!我抢先说几句了,妈妈病了好几天,我都不知道,刚才爸爸打来电话,我得赶去看一看。

当好尖刀排长,得过亲情关。业绩不上"红榜"上"黑榜",我们倒是拼了,却有些愧对家人。

我们排里有位县高级中学老师熊光霞,家住福泉,爱人在贵阳上班,当了尖兵只能星期天开车去福泉看看孩子。一次路上出了车祸,她受了伤,找车赶回村里,还先打来电话:"我可能迟到一点,但肯定要来。"面对这样的人和事,尖刀排"打仗"就只能进不能退。

黎红曼(影山镇友芝村尖刀排排长、县医保局局长)

平平淡淡才是真,有时平凡是故事。

我们排里有一半人是女的,年纪最大的女同志是镇上干部黄启英。要求绘制贫困人居分布图,她既没学过电脑也没学过绘图,就像个小学生一样,硬是把这两样从头学起。你问她为什么?她也没有什么豪言壮语,只是觉得这是她该做的。其实,尖刀排里谁不是这种心理?

李艳(基长镇基长社区尖刀排排长、县妇联副主席)

我这个尖刀排,年轻干部多,他们说学到了很多在机关、部门学不到的东西。

为什么靠发展特色种植养殖才能把社区的产业搞起来?为什么组织劳务输出对解决就业仍很重要?环境整治与脱贫致富是什么关系?基础设施建设在农村到底有多重要?过去坐在办公室里,这些都能从道理上说得清,但进入实际就不知怎么着手。社区里一个青年党员做出了样子,发动组织群众干,自己还先行垫资。年轻干部觉得他是"活教材"。

孙锋锋(基长镇茶亭村尖刀排排长、团县委书记)

都说群众工作难,其实你搞清了群众在想什么,尽力去做他们需要的事,难度就会变小。

我是山东人,在黔南州上完大学后来到独山,现在听独山话都有些困难。下了村子,我反复同群众接触,弄懂部分村民在土地流转和合作医疗费用上想不通。当年发展产业心切,土地流转出去却没有及时兑现费用,现在再去谈流转的事,群众不相信不支持。这事怎么办?只有下死力气。每天派几个尖刀排成员,挨家挨户做工作、算账、讲道理。群众心上有了阴影,消除它不是一天两天的事,只有一步步地推进。合作医疗费用收缴难度更大,进度很慢。只有用笨办法,一天一问,两天一调度,想办法向前推,目前只剩下20户贫困户没缴了。

龙秀雪(百泉镇三桥村尖刀排排长、县科协主席)

干什么事都不能犹豫,横下心来再难的事都不难。

接到当尖刀排排长的通知,二女儿不满一岁,老公也在驻村扶贫。难不难?难!犹不犹豫?犹豫!

还有这个三桥村,就是个城乡接合部,流动人口有两千多人。拆迁房屋后期工作不完善,引发了不少矛盾,号召干什么群众都有抵触情绪,这里的事太难办。说出来不怕你们笑话,当时如果不是我二女儿小,真想调个远点但事少的村。

进村第一天,到贫困户、一位参加过抗美援朝老军人家里慰问。老人85岁了,家境贫穷,却兴致勃勃讲起当年在战场上那些让人落泪的故事。我掏出200元钱递给老人,老人却执意不收,他说:"我还有荣军经费,两个儿子也得到政府救济。只希望你们来了,村上的事情会搞得更好些。"

面对他们，你还能犹豫吗？你还有什么困难不能、不敢去克服吗？

杨慧蓉（上司镇学庄村尖刀排排长、上司镇人大主席）

女同志当尖刀排排长，困难与男同志有些不一样。首先肯定是家庭上的困难；还有，我们又当着一个方面的主要领导，一身几用，精力体力付出可能更多。可当排长，我倒觉得与男同志也没啥区别，干的都是平凡事，蛮有成就感。

你别说，巾帼不让须眉，在我们尖刀排还大有人在。

县法院干部韦荔都，接近退休年龄，却在排里干得欢。在法院工作久了，她处理群众矛盾纠纷的办法多。帮扶的一户贫困户家住危房，几个儿子都在外打工，母亲说不知道他们的意见，危房改造的事一直定不下来。春节时，儿子们回家，韦荔都十多次上门，硬是让儿子表了态，母亲松了口。见她这么"拼"，排里同志半开玩笑说："韦姨，如果退休了再喊你来干不干？"她一口应承道："干！和你们这群人在一起，越干越欢喜！"

龙佳云（麻万镇三里村尖刀排排长、麻万镇人大主席）

尖刀排的一个重要任务，是做群众工作，破解难题。这可不能用"刀子"，得和风细雨。我给你们讲个尖刀排成员肖洪元九次开会打通群众思想、发展旅游业的故事。

肖洪元负责的点是甲松村民组。他根据组情，向群众宣传，这里有山有水有林下养殖有自酿酒，发展旅游业占天时地利。第一次开村民会，没一个人支持他。第二次会没开完人走了一半。第三次会有人当场起哄："别听他的。我们退耕还林也要还给林业局，搞哪样旅游？"怎么打破僵局？肖洪元动了脑筋，第四次会就在独山县城开，专做村里在县城打工的年轻人工作。第五、六、七、八、九次会就越开越顺利。现在乡村旅游基础设施和场地整治已经铺开，一个多月九次会，里面藏着的道理让尖刀排的同志们很受益。

张云生（上司镇仁等村尖刀排排长、县人力资源社保局副局长）

尖刀排长其实是两个角色。

一是扶贫干部，一是村干部。只有把自己真正当作村干部，才会上心把村里事办好。当村干部不容易，各部门政策都要熟悉，还要知道群众想什么盼什么急什么？去年我还在上司村当尖刀排副排长，群众反映河坝被水冲毁了，一段时间没人解决。尖刀排当大事来办，跑有关单位，能赶快办的马上办了，不能马上办的也给群众一个交代，群众看在眼里记在心里，再推动其他工作，阻力就小了。

张义团（上司镇盖寨村尖刀排排长、县残联理事长）

讲到这个角色的事，我也有感觉。

其实，我才到残联上了半天班，就被派到盖寨来当排长了。虽然只有半天经历，我却没忘这个角色。

残疾人是脱贫攻坚要面对的一个特殊困难群体。你帮他们办到一个残疾证，申报上一个户口，申领到一份低保，就是把党和政府的阳光、社会的关爱多撒进一个人、一家人心里。情到深处，必有花开，只要努力，就有回报。

11个女排长，11个流淌着心声的故事。

她们肩上的担子很重，可脸上的笑意却透出阳光与轻松。我们注意到，一些人甚至还着了隐隐的淡妆。

在独山县脱贫攻坚前线指挥部组织架构图前，她们留下一张合影，有人发出"嗨"的喊声，有人打出"胜利"的手势。

多少情怀，激荡在女排长们心中。

2019年4月16日

》"我的世界变得真大！"

34岁的江喜，身高不足一米二，要撑着一张矮小的木凳，才能一颠一拐地走路。

2019年4月19日，已是将近中午光景，我们到了息烽县温泉镇兴隆村，要见见江喜。别看这里地属贵阳市，可车距却有近百公里，而且进村的路起伏弯曲，车开了差不多两个小时。

江喜穿着一件红色衬衣，扶着凳子从坡上的蜂园缓缓地磨下来；进得院子，造型各异的盆景丛中，也是群蜂飞舞，他就没掩住脸上的笑。突然，手机响了，听通话口气，像是在同人商量啥时候来拉蜜蜂。放下电话，江喜才有空坐下来同我们说话："上午才送走一拨买蜂的客人，现在又有人要来。手机朋友圈一直热闹得很。我的世界现在变得真大！"

其实，江喜的世界曾经很小，很无奈。

三岁左右，父母发现他走路异于常人：总爱摔跤，摔了就很难爬起。怎么办？尽管家里缺衣少食，还是不能丢下不管。父母想方设法筹钱，带着他走上漫长的问病寻医路。从镇上走到县城，最后一直走到省城，确诊小江喜得的是"脆骨病"。不仅终身无法治愈，而且一生只能长成非正常的矮小身型。

江喜七岁那年确诊患了"脆骨病"。父母泪流满面。从此，这种浸透辛酸的日子，他们家一过几十年。

这个行走不便的孩子，心中也有自己的憧憬。

看着几个哥哥都去上学，江喜照样想上。

这可让父母犯愁：出村读书，路远、路烂不说，学校还不能寄宿。正常孩子可以靠脚走，江喜却必须接送。要从土里"刨"出一家人的生计和江喜的医疗费，家里哪还有闲散劳力做这件事？

江喜不干。实在拗不过孩子，爸爸带着江喜去见学校校长。

校长见孩子蛮机灵，看着学校啥事都新鲜，心上便有些不忍，同家长商量起来："我们免费送你们小学一至五年级全套课本，可学校实在派不出老师开'小灶'，只有请爸爸在家辅导了！"

父亲金吉高（乡下风俗：隔三代要换祖，金江两姓互换），是高小毕业生，接过课本，成了江喜的"先生"。

"先生"又管生活又管教书。教着教着，金吉高发现，自己这个"学生"尽管行动不便，脑袋却很灵。

每天，他会羡慕地看着哥哥们背起书包去上学，然后安静下来，读自己的书，想自己的事。

念诵古诗词，江喜喜欢在身边找对应的场景。

看到书里讲飞鸟、流水、天空，他久久盯着出村的路发呆。后来，他对爸爸妈妈讲，我就想知道，村子外头和村里头到底有什么不同？

带他去乡镇赶场或者走家串户，有人家做竹编木制家用小物件出售。他多看几遍多问几回，在家里"照葫芦画瓢"，竟也能做得像模像样。

江喜不甘身体受限，他渴盼有更广大一些的世界。

十多岁时，他学会了做木工、泥水工。爸爸妈妈知道他的心思：一来可以挣钱回报父母，自食其力。更要紧的还是，不能因为身体的缺陷，一辈子就窝窝囊囊地困死在山里。

愿望很美好，现实却常常令人唏嘘。

几个哥哥先后结婚离家，剩下江喜和父母三人，住在旧房里，靠低保勉强度日。

"这就是我的世界？"江喜心有不甘，他还在不停找路。

他家依山而居，野花家花几乎四季不断，野蜂成群结队来采蜜是寻常事情。

寻常事引出江喜不寻常的思考。

"听说野蜂圈养了就是家蜂，我为什么不能试一试？"

2005年春夏之交，他的木匠手艺派上用场，照别人的讲述，做出了一只传统蜂箱，他要干一件村里还没人干过的事。

一天夜里,他和父亲打着手电上山,端了一个蜂巢,一袋子包住了聚在一起的上万只野蜂。谁也没想到,一位时年 20 岁的残疾人和他时年 60 岁的老父亲,就此开始了一段闯路养蜂的传奇。

江喜和爸爸都没养过蜂,蜂箱是听别人讲才做的;用了才知道尺寸不合适,他一连改了好几次。不了解蜜蜂生活习性,经常会被蜂蜇,他觉得这是在交"学费"。养蜂要讲技术,他有两个老师,一是书本,一是千方百计地请教养过蜂的人。

幸福总会回报奋斗的人。

两年后,江喜养蜂有了收入。虽然当时蜂蜜市价不高,但"第一桶金"还是让他拿到手近千元。

2017 年,他决定扩大养蜂规模。到 2014 年,江喜的蜜蜂不断分群,他养蜂已有 40 多箱,年收入几万元。

好事难免一波三折。

也在2014年，江喜蜂群发生病害，40多群蜂飞逃了30多群。

江喜不言放弃。他对父母说，我还要从头做起。

在网上查资料，四方求教找原因，换箱、换匹，帮助蜜蜂重新分群。两年后，蜂群又恢复到40多箱。

江喜和父亲都酷爱盆景栽培。金弹子、迎客松、罗汉松、火棘、银杏……各种各样的景材，经过他们悉心调理，都融进了许多意想不到的美丽。

走过了曲折的路，再坐在盆景林中，江喜和父母亲侃侃而谈，开始对他们的世界再来一次设计。

——陈旧不堪的老屋拆了，一栋两层、高现代意味的新房拔地而起。

——乡下人照样可以过城里人的生活。一应家电进入新居，生活习惯也慢慢在变。

更重要的"变"还在于，他们进入了很多人的世界。

2018年四五月间，本县小寨坝镇农民王平友、郁维生等几人突然造访江喜家。

原来，他们也在摸索养蜂脱贫致富，却一直用的是老式蜂箱和传统技术，听说江喜这边干得红火，特意上门求教取经。

江喜腿脚不便，他们车接车送。真诚相待对双方都是一种难以言说的感动。一来一往，这几户人家养蜂成了气候，发展到200多箱。

黑神庙中学老师方中海，从他这里买去几箱蜂，养出了效益，吸引了一批爱动脑筋的农民，几箱蜂变成了几百箱蜂，规模扩大了，技术服务就要跟上，江喜说这是他的责任。从村里到他们所在的鹿窝镇易家沟村，单趟50多公里，平常人坐车来回不算大事，对江喜这样的残疾人却不啻为难题。一年多来，每周都坚持去，他也记不清到底往返了多少次。

本村养蜂人家，更是不时见到江喜串门的身影。村里人说，这不是一般的走家串户，而是"送技术上门"。

2017年，息烽县残联请江喜到县城讲课。

全县十个乡镇170多人来听课，有养着蜂的也有准备养蜂的，还有打算看看再说的。

江喜，这个矮小而坚强的人，往台上一站，不开口讲话也是在现身说法。

他算的账大家相信："养一箱蜂，一年收入上千元。一家养上20箱蜂，不费太大劲，一年下来就能进账两万多元。不信，欢迎你们上我家看。"

他当场表态："养蜂需要技术需要耐心，我可以无偿传授技术。大家有什么事找到我，能办的我一定办。"

他公开承诺，贫困户想发展养蜂，他还可以免费提供少量蜂群。

江喜像一把火，点燃了四乡八方农民的心。

县残联积极协调，为他发展养蜂业提供了近10万元的资金支持，并在培训、服务等方面给他不少帮助。镇和村也十分关心江喜的蜂和"人"。

人相助，心相通，江喜到底找到了他更广大的世界。

2017年，他投资10万元，在自己家建起"息烽润蜂农业科技发展有限公司"，主营蜜蜂蜂种和蜂蜜。经营范围涉及息烽县、龙里县、开阳县和遵义市播州区等地。每天业务不断，蜜蜂成了他打开新世界的媒介；农民受益，他也收益。

坐在江喜家摆满盆景的院坝里，我们谈兴越来越浓。县残联干部刘源丁提醒："不是说好了下午还有人来买蜂？他们得抓时间为蜜蜂分群，还是要长话短说哟！"

江喜父亲金吉高，这位73岁的老人有些言犹未尽："说来说去还是江喜碰上了好年辰。没有好政策，哪有今天的好日子？过去像他这样的人不就像棵小树小草自然生自然灭，身体好的人都不一定有谁顾得过来，哪里还有这么大块天地让他展劲？"

回贵阳的车上，突然想起忘了留江喜的电话，问刘源丁要了。回来便拨通手机，听到江喜的声音，我告诉他，自己也喜欢他变大了的世界，也想成为他变大了的世界中的一个人。

2019年4月19日

» 鱼良溪：残疾人的新传奇

如果有人告诉你，一群"失爱"的独身农村残疾人，长期只能靠吃"低保"度日，生活既难保质量也缺乏乐趣。有朝一日，他们被组织起来，共同生活、共同劳动，不仅吃、住、娱免费，还能靠自己努力拿到工资，最终甩掉了"低保"的帽子，心情十分欢愉。然后他问你："相信吗？"

听者多半不会马上答话。过上好一阵，或许有人会反问："真有这样的事？这地方到底在哪里？"

确实有这样的地方，真有这样的事。

2019年4月20日下午，我们到了江口县闵孝镇鱼良溪村。61岁的村支书杨再炼，正在村边一片山间坡地上忙活。

杨再炼身后的建筑物，在乡村显得有些独特。有板房样式的连排宿舍，有安放着电视机、宽敞明亮的餐厅，还有办公用房、饲养圈舍。中间面积不小的水泥坝子，两边

立着篮球架。进门大幅标语赫然醒目:"脱贫才是硬道理,小康路上一个都不能少。"回望我们上山的路,虽然有些随地形起伏,但硬化得蛮不错。

这里挂着三块牌子:鱼良溪村黔馨家园残疾人服务站,鱼良溪村贫困残疾人生态养殖专业合作社,鱼良溪村老年协会。说白了,就是村里的残疾人供养生产基地,目前住着13位独身残疾人,饮食起居都免费,大多数人还被安排了固定工作岗位,能够自食其力。三块牌子,一套人马,党支部唱主角,管理人员是村干部,杨再炼是扛旗的人。

残疾人为什么会被杨再炼特别关注?

因为他心里有一本账,越算越明,越算越细。

这些年，鱼良溪村产业发展好戏连台。

杨再炼是个乡村能人，也是全村村民信得过的带头人。

2007年，他流转30亩土地，带动农户种植大棚西瓜145亩，2010年发展到1100多亩；他带着大家找市场，"闵孝西瓜"在远远近近出了名。没种西瓜时，全村人均收入2750元；大种西瓜的2010年，全村人均收入达到6680元。

参加铜仁市"七一"纪念大会，杨再炼在交流发言中说出了鱼良溪村的愿景：保证一年四季有新鲜水果上市，保证村民生活越过越好，保证村级集体经济越来越强。

愿景成了现实。种草莓、栽葡萄，开展冷水养殖，发展乡村旅游，鱼良溪村的发展模式效果日渐明显，赢得阵阵掌声。

2010年，杨再炼被评为全国劳动模范。2016年，杨再炼获得"全国优秀党务工作者"称号。

面对鲜花和赞誉，他却放心不下村里的一个特殊人群。

在"黔馨家园"宣传栏前，杨再炼指着全村"残疾人分布图"和"残疾人就业岗位图"，回顾着当年一段难忘的心路历程。

鱼良溪全村1082户4588人中，残疾人有116人；残疾人里，19户是低保户，近30家是精准扶贫户。有家人管护的残疾人还好说，独身残疾人日子过得更加艰难，少有人管问，他们甚至到处乱跑，惹出是非。

杨再炼向村党支部成员发问："现在鱼良溪日子好过

了。条件再差的正常人，提把锄头去为种植大户务工，好歹一天也能挣上四五十元。可残疾人到哪去打工？这事我们不管谁管？"

面对全村党员，杨再炼的问题更加直截了当："不是说小康路上一个都不能少吗？残疾人靠着低保，怎么会增收，怎么进入小康社会？"

2012年，全村党员大会决定，把帮扶残疾人脱贫当作大事来办。

村里一些干部当时并没有想通。他们的疑问是：这样一来，要钱，要增加村上的负担。对这个决定，不反对也不拥护。

杨再炼决定先拿四个人当示范。

党支部出面，把四个残疾人介绍给种养植大户，工资比正常人少拿一半甚至更少，有一定收入后，再由村里统一打捆分配；确保每人每月收益400元。打工的事不是次次办得成，可他们的月收入一分不能少。杨再炼评为全国劳模后，每年有上万元补贴，其中一部分又转过来"补贴"给了残疾人。从2012年起，他花在残疾人身上的钱有3万多元。

2015年，村里的助残脱贫对象发展到8人。

杨再炼想用这8个人激活其他残疾人的精神，也想让更多人明白一个道理：只要组织起来，残疾人也能创造财富，他们也能凭自己的力量走上增收的路。

就在这一年，鱼良溪被定为"全省残疾人创业就业示范村"，省残联向村里发放了20万元奖金。

依托这笔奖金，2015年冬，村里租下38亩土地，兴建残疾人集中居住和生产基地，2016年4月投入使用。基地头一块牌子"黔馨乐园"残疾人服务站，授予单位也是省残联。

基地的管理很规范。

杨再炼的办公桌上，摊放着一排蓝色的文件夹，分别贴着标签：《残疾人务工考勤表》《残疾人集中就业工资表》《残疾人安全协议及保险》……这些不是摆设物，随便翻开一页，谁哪天出工哪天误工一目了然，谁工资为什么多为什么少都有说明。

根据残疾类型和等级定岗定位，让人觉得合情合理。"保洁员""养鱼工""种植员""饲养员""炊事员"，在基地生产现场和来路上，我们不时看见戴着这些

袖套的残疾人。他们各司其职，干得都很认真。

住进基地的残疾人开不开心？

戴着"饲养员"袖套的聋哑人杨刚祥，我们一进大院就紧随左右。他很自豪地指着袖套不断示意，像在告诉大家：我就是这里专管喂猪的人。在宣传栏上找到自己的名字，更是朝着我们"唔唔"发声，村里干部说这是在表达他激动的心情。

基地最多时养了上百头黑毛猪，最远销到山西大同，一年数量有120多头；村里办起旅游休闲酒店，每年也向那里销售35头，管着这么多猪的"猪倌"就是杨刚祥。基地卖猪一年有50多万元收入，靠这些钱给残疾人发工资，收入又返回到残疾人身上。杨刚祥干活卖力，每月有超千元的收入。

其实，杨刚祥入住前的经历苦不堪言。

四十六七岁的他，父母双亡，与哥哥嫂嫂之间难以沟通，实际上早就没有"家"的概念。

在黔馨家园残疾人服务站，他找到了家的感觉。

杨刚祥独自住着一间宿舍。他兴冲冲地拉着我们去他房里看一看。一连开了两道门锁，又开了一次柜门，从一个皮夹里拿出两万多元现金。拿着这些钱，他一会儿做出打人的手势，一会儿满脸露出凶狠的表情。显然，这是在回忆当年与兄嫂相处不悦的经历。有时，又对着钱和自己的胸脯伸着大拇指，那就是在无声地讲述着如今的自信和成就。

杨刚祥流露的这种心情，不仅仅属于他一个人。

眼睛只有微弱光感的姚来保，今年53岁，80多岁的老母亲照顾不了他，弟弟也因眼睛不好难以自保。饿急了时，姚来保只好偷拿别人家东西充饥。来基地集中居住，岗位定成从省道到基地之间道路的"保洁员"，工资加其他费用，每月能拿到750元。免费吃住让这笔钱成了"纯收入"，姚来保十分满意眼下的处境。

他也和杨刚祥一样，一直跟在我们左右，还时不时伸出大拇指。他讲的话，不用人"翻译"："现在党的政策好，我们残疾人成一家了！"

57岁的炊事员姚金花，身高不到一米一。过去住在高寒山区，日子没法过。易地扶贫搬迁，儿子住进了安置房，她和老伴住进了残疾人集中生活生产基地。两个人月收入2000多元，年收入20000多元。她说："这个办法好！过去就因为残疾无法增收，连兄弟妯娌都瞧不起我们。现在残疾人像一家人一样生活在一起，还能用劳动证明我们的实力，一下子把自尊、自信两种感觉都找到了。"

杨再炼时常倾听残疾人的心里话，他和他们也处成了一家人。妻子进城照顾孙子，他索性吃住都同残疾人在一起。村里还要求，所有村干部每周必须到黔馨家园残疾人服务站轮值坐班一次。

他认为，你向残疾人毫无保留地交心，他们也会实实在在把心交给你："做残疾人工作，既要有爱心，更要有耐心。他们因为自身缺陷而自尊心强，只有心连心才会互相理解，才会从内心激发出干劲。"

心连心，要用事实来证明。

基地供养着双眼失眠、半身不遂的75岁孤寡老人阳国喜。老人下不了轮椅，杨再炼给自己做了硬性规定：夏季三天一次，冬季五天一次，坚持为老人洗澡。无论哪个季节，都要为老人勤换衣物。有空还陪着聊天说话。老人天天都有笑模样。

事实就摆在那里，残疾人信不信你，听不听你，跟不跟你，用不着讲大道理，他们会做出自己的判断。

杨再炼不赞成把干成这些事都归功于自己。

这不但是一种态度，也是尊重客观实际。

鱼良溪黔馨家园残疾人服务站、贫困残疾人生态养殖合作社一路走来，各方的推动形成巨大合力。各级残联鼎力支持，各级政府关怀关爱，社会各界热情参与，缺了哪一个，效果都会差强人意。

江口县残联理事长徐坤厚、副理事长黄文中觉得，正因为方方面面的支持和参与，使得鱼良溪的残疾人创业就业模式具有比较强的社会典型意义，有可复制性。照这样做，不但可以激励残疾人，也可以鼓舞其他人。徐坤厚理事长说，县残联正在整合资源，准备再打造一个与鱼良溪相类的残疾人就业创业基地。

看来，这里还会不断创造出许多关于残疾人的新传奇。

2019年4月21日

» 龙友华和他的"猕猴桃情结"

2019年4月27日上午9时许,修文县谷堡镇折溪村第四组村前坝子上,聚起近百位村民,已是一片人声鼎沸。

2019年4月21日夜里,突如其来的冰雹,让曾经使他们充满希望、已经挂满花蕾的猕猴桃树,受到一次前所未有的打击。

车行沿路,一块块猕猴桃地里,有的树体被打得只剩几根枝条。好些的,不少树也是留得残叶败蕾,看不出多少生气。

21日、25日的两场冰雹,修文县16.7万亩猕猴桃,有8万亩受到程度不同的破坏。

被破坏了的树,今年肯定收果无望。

急的不光是种了猕猴桃的农民。贵州大学农学院教授龙友华心里更急。

从2004年起,龙友华和他的团队就在修文县系统推广猕猴桃生产技术,为修文打造"猕猴桃之乡"费尽心力。

他知道，一年断收对种果农民意味着什么，也更担忧两个迫在眉睫的问题：被打伤的树体容易染发病虫害；不及时处理，成片猕猴桃树就会毁于一旦。今年不挂果的树明年还能挂果，关键是现在就要科学修枝整形，促进枝条萌芽，保护好新生的芽条。

冰雹发生之后，龙友华已经从贵阳往修文跑了好几天。几天里，不断接到农民的电话："种植果树风险太大，真的有点不想干了！"他说："要让受了损失的农民不失去信心，光讲道理不行，要从根本上帮他们解决实际问题。"

今天这场村民聚会，龙友华请来了深圳富威特植物营养有限公司总经理李洪瑞、辽宁微科生物工程有限公司西南大区总经理刘波，两家企业免费向村民提供各6万元的植物生长剂和杀菌剂。龙友华则要下到地里，面对面地传授猕猴桃残枝修剪和树体管护技术。怕人手不够，他还叫上在安顺工作的妹妹来帮忙。

村民把药领到手上，也看了龙友华的现场讲授，可还有人将信将疑。

一个胡子花白的村民，压低嗓门对身边人讲："算了，不指望猕猴桃了！哪个愿种转给他种，我还是种点糯苞谷保险。"

女村民周训家，去年靠十多亩猕猴桃卖了二十来万元。她说："今年收成本来有可能比去年还要好，冰雹这一砸，我心里七上八下没有底。"

有村民听龙友华说，要及时把残枝败叶修剪掉，把新发出来的芽条保护好，突然冒出一句话："剪？这一剪刀下去，莫把啥子东西都剪光了！"

村民郭俊荣听不下去，冲着那几个人喊："到这时候了，我们都得听龙教授的。今年损失再大，这猕猴桃我要种到底。今年不行，还有明年！"

龙友华告诉大家，修剪出伤口不用急，凡士林配氢氧化铜，敷上去就管用。一群男女村民围住他，要他写出这两种药的名称。龙友华将就村民的药盒和递过来的纸条，开了几十张"单子"，还不忘提醒他们：药其实用不了多少。大家一起集中去买，可以省下些钱。

龙友华说，这些年农民头脑中渐渐有了"技术"这个概念，还是相信科学的。之所以出现这样那样的议论和想法，正说明他们在这场从未碰上过的灾害面前，由于不能

熟练掌握实用技术而产生的忧虑。

在灾后的四天里,龙友华沟通修文县有关部门,培训乡镇技术人员及受灾群众上千人次,第一时间联系了一批有社会责任感的企业,送来急需药品。他们团队也尽其所能地进行技术指导。他认为,修文猕猴桃大发展,科学技术是动力。大灾当前,想稳住农民的心,要保住明年的收成,还得靠科学技术解决问题。"我没什么别的灵丹妙药,农民尝过技术的甜头,我们也尝过推广技术的甜头。这条路就得一直走到底。"

谈起这个话题,龙友华要讲的东西很多。

离开折溪村,我们到了平滩村。

公路边一块坡地,远处松林环绕,近处立着一排排水泥支架,种的猕猴桃树,看上去有几十亩。这里是号称"土专家"的村民姜泰峰的猕猴桃种植基地。龙友华说,"土专家"与我们的结合,让我们悟出了有效推广农业实用技术的很多道理。

2004年,应县科技局之邀,龙友华带着贵州大学猕猴桃科研团队来到修文县。

8个团队成员中,品种选育、栽培、病虫害绿色防控、储藏保鲜、农产品安全性评价五方面人才皆有。目标就是:猕猴桃怎样提升品质、扩大规模,发展成修文县有影响力的农业产业。

龙友华们到来之前,修文也种了8000多亩猕猴桃,而且有"贵长"的品牌。科学技术助推,为了让它们实现

"质"的腾飞。

"头三脚"很难踢。

团队去到村里，两眼一抹黑，人生地不熟。自己带矿泉水、方便面，跋山涉水，差不多走遍所有村，好多难事都经过了。关键是你说的道理有人听不进去。

到谷堡镇（当时叫谷堡乡）政府讲课，几个种过猕猴桃的老者，望着台上年轻的龙友华，悄悄议论开了："我们种猕猴桃的时候，怕他在穿叉叉裤！咋个还来教我们？"

转变观念成了拦路的石头，可要把石头搬开，得靠有说服力的事实。

几位老者来自平滩村。贵州大学猕猴桃科研团队，在修文最初选定的三个示范点，平滩村就是其中之一。

团队还把村民姜泰峰选作平滩村科技示范带头人。

龙友华有他的道理。姜泰峰虽是农民，但却既朴实又心胸坦荡。不像有的人见不得别人比自己好，有点技术总想法藏着掖着，生怕人家学了去在竞争中超过自己。他常说："自己好，乡亲们也好，才是真正好！"愿意把自己掌握的新技术分享给大家。龙友华一拍巴掌："得！他就是在农村推广科研技术的一把好手，我们的成果完全可以靠他传递给乡亲们。"

姜泰峰不负众望。

在团队支持下，他把猕猴桃支架由木架换成水泥架，透光透气，又按照龙友华要求采用新技术，当年产量翻了一番，一年靠种猕猴桃就能收入30多万元。事实就是榜样，姜泰峰这下讲什么大家都信。他带动周边上百户人家换了新支架，采用新技术，家家都收到意想不到的效益。

姜泰峰与科研团队互教互学，他这个"土专家"不是徒有虚名。

龙友华坦言，其实刚来到修文县，我们对猕猴桃栽培并不熟悉。正是碰到了姜泰峰这样的村民，他们有丰富的实践经验，我们有比较系统的理论，二者结合，才能形成猕猴桃栽培技术体系和推广方案，反过来指导猕猴桃产业大发展。

示范点又是贵州大学农学院的教学实验实践基地。龙友华抽不开身下来时，姜泰峰就成了他学生们的第二导师。这里面有本科生，也有研究生。

"土""洋"专家结合，平滩村猕猴桃产业越来越红火。起初说风凉话的那几个老村民改变了态度。团队成员渐渐成为村民家里受欢迎的常客，家里面有什么好吃的，都留下来等着他们来品尝。

龙友华教授对此有一番分析。

土地是农民手中的生产资料，土地是有限的，种什么不种什么，对一年乃至多年的收入都有决定性影响。农作物生长周期长，受市场变化牵制很大，选准了品种服务尤显重要，技术服务又是重中之重。技术服务也要接地气，我们可以多做点面结合的工作，但技术真要在点上开出花朵，还得多有姜泰峰这样的"土专家"，有时候，他们的实践就是一份教材，更容易取得农民的信任。

龙友华和他的团队为推广猕猴桃生产技术不遗余力。

他们义务编制了《修文县"十二五"猕猴桃产业发展规划》。修文县自2010年起,把猕猴桃定为农业支柱产业,在发展版图上勾勒出一条突飞猛进的红线。种植面积从8000多亩扩大到167000亩,涉及贫困户8000多户。2018年,全县猕猴桃产业综合产值达到30亿元。

龙友华关注猕猴桃的目光,穿越了修文县。

这些年来,他的团队示范点先后建到了息烽、关岭、水城、大方、金沙等县。2016年,他们在息烽县同贵州省中康农业科技有限公司与地方政府合作,探索"政府+科技+金融+企业+基地+农户"的猕猴桃产业发展模式。政府协调资金,科研团队提供技术,企业代建代管果园,三年挂果后全部转交给贫困户。

这样的探索有困难,甚至有风险,但给人关于希望的遐想空间却是广阔的。

龙友华说,这探索,那实践,说到底,我们是要用自己的汗水和艰辛,在农村这块土地上印证"科学技术也是生产力"。

修文县数万亩猕猴桃遭受雹灾,部分种果农信心动摇的事实,让龙友华心潮起伏,他觉得这让人看到了农业技术帮扶上一些亟待解的"难",有些甚至是不容忽视的短板。

从总体上看,科学技术在产业发展上作用发挥得还不够淋漓尽致,很多方面远远没有到位。

为什么一些农民面对灾害时就摇摆不定,丧失信心,根子在他们对新知识、新技术不够了解，观念没有完全转变过来。农民群众其实渴望了解掌握新技术，但苦于无人传递信息和"手艺"。农业科技人员还是太少，有的还兼有多种职能。有的人不大愿意在基层扎根，可能同某些科研考核机制有关。

政府和技术职能部门还有很大的加强合作空间。从目前情况看，猕猴桃实用技术培训，在一些地方就表现得不怎么接地气，所教所学难以解决实际问题。农业基础设施建设如何"有的放矢"，通过这次雹灾可以举一反三。如果有了"炮台"，灾害损失或许可以减轻；即便有了"炮台"，也要把怎么管、怎么用抓实。不从根本上解决缺水问题，同样会影响猕猴桃种植质量。

你说这个产品千好万好，最后怎么样还得要由市场来证明。品牌宣传和推广投入，是不能省也省不下的钱。农民种出的产品销不出去，被破坏掉的信心，恢复起来恐怕比恢复冰雹打伤的信心更难。

龙友华幽默了一回："不是说我们的论文写在希望的田野上？在田野上写好这篇论文，我们会义不容辞地投入全部精力，但也离不开方方面面的关注和方方面面形成的合力！"

2019年4月28日

》"茶业文化"三思三析

凤冈茶叶以富含锌硒闻名。凤冈县的茶园值得一看。

2019年5月12日至13日，我们驱车在县里走了一遭，最难忘的是茶山的绿、茶农的笑、茶产业的生机和活力。

全县茶树种植面积已达60万亩，茶产业不仅带动了农民脱贫致富，不少相关产业也应运而生，且其势风生水起。去了一个叫"茶海之心"的地方，波浪起伏的茶园深处，林荫簇拥着一幢幢别致的建筑，游人们结伴来这里品茗望绿，一些有关茶叶的会议选址于此。在凤冈，这是一个典型的茶旅融合景点，据说，它还不算县里的"唯一"。

种茶是为了收获茶叶。有了茶叶，凤冈县好做大发展的锦绣文章。这是不说自明的道理。

可有人来凤冈投资办厂，偏偏不冲着上好的锌硒茶叶，他们盯上了茶农眼中的"废物"。

2019年3月，国科生态农业集团与凤冈县政府签订招商协议，投资3亿元建设省内第一家现代化健康科普生产示范企业，回收茶农们一年三季修剪废弃的茶叶，通过新技术萃取加工生产口服液、含片、锌硒矿泉水、茶饮料等，换一个角度打造"凤冈锌硒"茶品牌。

2019年5月12日，我们上这条生产线的建设现场看了看，除了一片荒地和石块外，似乎没有轰轰烈烈的热闹场面。可国科生态农业集团董事局主席骆双贵口气很自信，脸上的笑容也挺自然："到12月份你们再来看，那就是一番新景象了。工厂建起来，茶农会有第二次增收机会，群众会因企业提供的5000人至10000人的就业岗位受益，凤冈茶产业藉此可以形成新的产业链。那时，我也可以坦然地说，交出了一份企业家该交的答卷。"

骆双贵说话有底气。

底气来自他对凤冈乃至更大范围茶产业发展趋势的分析和判断。

分析判断的结论，就是要把与茶有关的资源文化、品牌文化、人才文化的文章做足，还有十分巨大的空间。填补空间的过程，也是新产业发展壮大的过程。方向对了，自然"风正一帆悬"。

骆双贵和贵州国科锌硒科技有限公司总经理王敏、从北京赶来的营养学专家程季民教授，相聚在凤冈，为这个说法"添枝加叶"。

凤冈茶资源文化深厚而独特。

生态环境好，没有受到污染，土壤中含有锌硒等微量元素，特别是锌硒同聚，世界少有，中国唯一，不可复制。

可惜这种独特的资源文化只被开掘到表层，远远没有深化到内核。

骆双贵说，这几年一直在想一个问题：省里、县里带领着把茶树种植扩大到如今这个规模，农民们为一株茶树一年四季都在耗费精力，难道它的价值体现形式就只在茶叶一种产品上吗？自己的企业围绕"大健康"战略，把建立科工贸一体化的植物开发高技术企业作为奋斗目标，将凤冈茶资源文化开发到极致，是不是实现这个目标的必经之路？

程季民教授更是快人快语："不做好深度开发这篇文章，可惜了这么好的资源文化！"在他看来，国科生态农业集团在凤冈才迈开了第一步：从原材料初加工做成茶叶发展到深加工，制造一系列符合大健康需求的食品饮料。这一步很重要，背后是发展观念的转变。"做茶叶或许只是发展茶产业一个占比不算大的部分，而深度加工则是更广阔的天地。下一步还要向精细化加工方向走，开发护肤养生糖果糕点、防辐射背心、孕妇裙等相关产品。总之，发展茶产业，不能被一片'叶子'障目哦！"

程季民这些年跑农村跑得勤。他对一些地方农民种果种菜，最后受制于市场产品难卖，产业发展不起来的事记忆犹新。"发展茶叶深度加工，原料是春夏冬三季修剪茶树废弃的残枝老叶，取之不尽。变废为宝，符合循环经济的理念。茶叶深度加工的产品，都可以划入'大健康'类别。再加上凤冈县盼望产品升级换代和国科集团科工贸一体的能力，相加起来就是一股新力量。这样发展下去，广义的凤冈茶产品既可以打破单一局面，又不用为市场销售发愁。"

有了这些前提，符合发展大势，但不努力也无法在市场上所向披靡。

这就凸显出"品牌文化"的价值和意义。

被骆双贵们诠释的品牌文化，是企业文化的根本。在他们看来，企业文化的本质就是练好内功，做好质量，要做就做最好，要搞就搞百年企业。骆双贵说："没有这样的追求，不具备如此的品质，要想通过我们的产品把'凤冈''锌硒'两块牌子擦亮，只是企业的一种空想。"

打造品牌文化，需要内心力量的支撑。

骆双贵是出自金沙县的农家子弟。13岁外出打工，辗转福建、河北、浙江和省内多地，靠自己的打拼，历经磨难发展成拥有近4亿资产的企业领头人，他坚信"有什么样的人，就有什么样的文化"。一次又一次地在内部、向外界宣传自己的企业文化：做有良心的人，开发良心产品，集中精力研发生产出为人类健康服务的放心食品，当无愧于新时代的企业家和企业员工。

国科生态农业集团到凤冈县进行茶产品深度开发，一开始就让"品牌文化"先行。

在凤冈考察和建厂期间，骆双贵常向县里的同志和自己的伙伴讲过去的事情。他说："我的前半生既坎坷又复杂，很长时间是个个体户。企业家同个体户的最大区别，就在于胸怀、眼光、气质和目标全然不同。真正的企业家其实是个谋略家，是个好棋手。除了企业的自身发展，社会效益也是不得不重点考虑的问题。只顾眼前利益，光想赚快钱，算不上真正的企业家。"

深度开发凤冈锌硒茶产品，骆双贵计划分三步走，而且要文化、科技、智慧三合一。环环与当地发展计划相扣，效果就是让人们提起"锌硒"二字，便会自然而然想到凤冈。企业的社会责任感，企业的核心技术，企业的发展规划，都得服从于使凤冈茶价值不断升华的品牌文化。

再好的初心，再好的愿望，没有人的推动，不啻是"空山鸟语"，无法成为现实生活中的好声音。

骆双贵有一个观点，推进茶叶深加工，其实就是要想方设法地提高茶产业的科技含量。社会在快速发展，科技在日新月异，茶产业不升级换代显然不行，在单一茶叶产品上把文章做得再足也是天地有限，形成有延续性的产业链条才会焕发出产业新的生命力。这是一个历史性的使命，完成它离不开人才。

这种思路的产物，就是集团倡扬的"人才文化"。

深度开发凤冈茶产品，集团先期投入大笔资金，用于组织和积聚人才。来自日本和国内北京、台湾、贵阳等地的一批专家学者为了一个共同的目标尽心尽力，成为凤冈茶产业发展中一道亮丽风景。

骆双贵和他的团队给我们什么启示？

我不禁想起近几年来走访扶贫一线碰上的一些人和事。

为什么一些地方在贫困农民中推广过一些看上去不错的产业项目，但总是行之不远，产销不能一体化，农民见不到实效，渐渐有些灰心丧气；地方上也没有顺理成章发展起可持续的产业，影响了前进的步伐。开发和拓展凤冈茶资源文化、品牌文化、人才文化的思路和实践，是不是在字面背后还有更深一层的含义？等着我们去解析。

2019年5月16日

从"对着干"到"争着干"

52岁的杨智勇,是同54岁的安友"闹"了十几年的"冤家"。

两个人都是生活在凤冈县永和镇双山村的人。

安友当了20多年村委会主任,杨智勇是个在村民中说得起话的人,前几年被选为小坳口村民组组长。

多年前,国家投资在双山村建了一座水库,水淹区10多个村民组补偿工作做得不细,村民为此与"上面"扯了十多年皮。杨智勇与安友的"过节",就是村里干群矛盾的一个缩影。

安友记得清楚,2008年春节那天,上百个村民围住村委会,硬是不让他回家过年,要讲明白既然土地都被淹了,为什么有人家"赔"得多,有人家"赔"得少,甚至有人没有得"赔"。

村民们知道,这事的责任不在安友。找他闹,安友显得很委屈。可他们心中有气,这火不知该朝哪里发!

安友记不清楚,为消群众这口"气",这些年来他登过544家"水淹户"多少次门,自己又隐忍了多少怨气。

安友是个爽快人,也是明白人。最气最委屈的时候,他会想起母亲说过的话:"你是有能力的,要不老百姓为什么选你当村主任?钱多钱少都不关事,把老百姓的事干好了,就是真正的好事情!"和村民吼过了、吵过了,几杯酒下肚,又风风火火地开始忙。

村民各有各的脾气,他们不都像安友这么想,可在"对着干"这件事上,很多人却表现出一致。

通组公路修到小坳口组,就是那个杨智勇,带头把浇灌混凝土的模板拆了,坚决不准路进组。一呼百应,大家跟着起哄。

发展农业产业,村委会组织种下50亩红心柚,第二天就被村民拔掉30亩。他们口中还不住念叨:"饭都吃不饱,哪还有闲心栽柚子?"

水库建成后,发了电群众受益。可电力部门来收电费,却经常被村民扣人扣车。

安友既要当"出气包",又要做"老黄牛",走家串户,跑上跑下,协调关系,化解矛盾。"我都习惯了。哪天接不到百把个电话,就觉得不正常。"

双山村的干部和群众,真要这么一直"抗"下去?

2019年5月13日下午,安友和杨智勇一起坐在小坳口组村民杨在明家的院坝里,两人说说笑笑,闻不到一丝火药味。村民杨在礼、杨在能也凑了过来,他们曾经同杨在明一道,不准修路、不交电费,同安友吵过多次架,现在却都说:"过去的事记不得了,我们现在支持主任工作,是全心全意。"

杨智勇说话很干脆:"以前我们心中有气,只好找镇上和村里扯皮,到县里上访。组里的乡亲们信得过我,每次都有一拨村民跟我一起去。在干部眼里,我该是怎样一个'捣蛋鬼'?没想到他们不这样看我,安主任和县里、镇上干部还三番五次地要我当村民组长,说要让我这个'能人'发挥能力。"

他说的这段往事发生在2017年9月间。

县里把解决双山村干群关系紧张问题,作为脱贫攻坚中的大事来抓,县移民局干部陆斌、镇财政所干部肖占华进了村。他们与安友把村里的事捋了个仔细,结论是像杨智勇这样的人,在村民中具有一定号召力。解铃还须系铃人,既然他能领着人同干部"对着干",一旦他同干部心贴了心,反过来不是又能团结群众化解与干部之间的矛盾,共谋发展吗?

理是这个理,可做起来不易。

陆斌、肖占华找进扬智勇家门,没看到好脸色。

"智勇!"

"搞哪样?有事就快说,我还在忙!"

这样的气氛,想请他做村民组长的话自然就不好出口。

陆斌们不打退堂鼓。据杨智勇回忆,他们前后登门8次,只讲一桩事,动员"对着干"的人和他们"一起干"。

杨智勇的心不是铁石一块，他嘴上不说，心里却在琢磨：这些人三番五次上门，到底为了啥？

有些事不能不让人感动。

陆斌、肖占华进村帮扶，吃住都在村里，群众请他们上家里吃饭，却一次都没有答应。理由就是："我们是来帮你们脱贫解困的，怎么能吃你们的用你们的？"

陆斌母亲生病到遵义住院，脱贫攻坚进入关键阶段，儿子无法告假去探视。后来请到了假，在去遵义的路上，陆斌却得到母亲已经去世的消息。

陆斌、肖占华八访杨智勇，安友也在暗中使劲。走访前、走访中，他没少跟杨智勇促膝相谈，乡里乡亲，有些话听着更容易上心。

"他们真是在为我们的事忙，干部们不是为了自己好，是想为大家好。"杨智勇想通了，他要用自己的行动，去回应干部们的一片真情。

2017年9月23日晚上，30多位村民代表聚集在一间农舍里，小坳口组村民会议正在进行。桌子上放着三个土碗，人们要用"投苞谷"这个古老办法，选出村民组新的领头人。

一片喧闹声中，杨智勇身边的碗中已经投进24粒苞谷子，组长是谁，不说自明。

小坳口三年没选过组长，杨智勇一当组长，就拿出"牛脾气"，干事硬碰硬。

"对着干"变成"带着干"。

县上镇里要求实现"三改三化",改厨改厕改圈,硬化院坝、沟坎、串户路,杨智勇组织了一个施工队,确保28户"三改三化"任务圆满完成。倒逼着村里调整指标,全村道路建设相应加快。

镇上村里干部告诉杨智勇,只有发展产业,大家才能脱贫致富。他开村民会又添加了自己的内容:"过去我们同干部'对着干',还不是想争自己在经济上的利益?现在政策这么好,干部们也这样为我们使劲,把产业搞起来,利益不争都会自己来。"

150亩蜂糖李、100亩万寿菊、50亩红心柚、20亩枇杷、2个葡萄园,相继出现在水淹区小坳口所剩不多的土地上。村民们渐渐清楚了:与其成天同干部"对着干",不如为了自己的现实利益和长远利益"争着干"。

安友对这事有个说道:干部真心为群众着想,他再怎么误会、委屈你,最后明白了你是为他好,大家还会心贴

心。消解群众心中的怨气，最好的办法是带领他们找到发展的路，前景一片光明，谁还顾得上生气？过去双山村"靠喂牛犁田，靠喂猪过年，靠养鸡挣盐巴钱"的日子和现在的新生活，谁好谁坏，一比就明白，干部是功是过，群众会做出判断。

永和镇党委书记罗波，用"一引领两扭转一激发"来概括双山村密切干群关系的过程。

永和镇是凤冈县脱贫攻坚的一个战区，县委组织部部长、县人大常委会副主任担任战区指挥长，镇党委书记担任常务副指挥长，镇长是副指挥长。县领导吃住在村里，一个组一个组地了解和解决水淹区医疗、饮水、社会保障等问题。就算这样，干部起初也难进一些村民家门，群众心中有怀疑："晓得你们说的话算不算数？政策再好能不能兑现？"

在这种情况下，既需要真心，更要有热心、耐心。做面上群众工作有难度，就先从点上抓起，做出了样子，大家会比会学。这个干部去做工作有难度，换个人接着上，一定要把心路打通，将"要你干"变成"我们一起干"。作风的转变，能让群众重新认识干部，消除因历史原因同干部之间形成的"壁垒"。

扭转与政府之间的关系，扭转群众的发展理念，要靠干部身体力行、感化人心。但从根本上解决问题，还得想办法充分激发群众的内生动力。"三改三化"打坝子，包给人家做，群众没有积极性，还会生产出这样那样的怀疑。让村民直接参与，他们既有享受感，又有责任感，对质量、进度都会密切关注。结合"三做三化三治"，镇上开展"五看五比"大比武活动，越来越多的农民知道干部们一直在操心着大家的事，自觉性油然而生。激发内生动力的过程，是干部作风转变和工作效率提高的过程，更是重建群众对干部信任感、干群关系进一步密切的过程。

理顺了干群关系，安友觉得双山村这两年路走得很顺。

全村种植养殖业发展成效可观。1200亩红心柚、1700亩烤烟、1500亩花椒、1000箱蜜蜂、1000亩辣椒、200亩蓝莓、300亩蚕桑、200亩万寿菊、200亩中药材，落实了的每个产业项目，都连着老百姓的脱贫致富路。7800多人的双山村，人均收入从10年前的2000多元增加到6000多元。当年"对着干"的杨智勇，今年成了入党积极分子。

安友说，用不着再提过去那些委屈，看现在的村民乐呵呵的样子，我觉得咋都值了。

2019年5月17日

特殊"大课堂"

种茶大户张吉邦没想到,这辈子自己的名字还能同"导师"二字联系在一起。

他是地地道道的农民,正安县新州镇老城村金丰村民组组长兼村医。

张吉邦当导师的那所学校就办在本村,是全县第一个新时代乡村青年农民学校。大多数时候,课堂就在田间地头,来听课的,也是和他一样的农民。时下,这样的学校在县里已办起181所,具有农民身份的导师超过千人。

新时代乡村青年农民学校,源于群众和基层的首创。

2018年初,老城村村干部们面前摆着一堆不好理清的难题。

组织村民种下4000亩白茶,成活率却一直不高,每天都有茶树死去。

851户3278人的村子,贫困家庭占了122户,还有近700人长年在外打工。农民文化程度偏低,党员趋于老龄化，村级的后备力量"青黄不接"，单靠本村现有力量解"难"，只会难上加难。

有人建议，何不以村党支部名义，把县上、镇里的农技专家请到田间地头，现场指导农民种茶？这招果然灵！专家们人对人手把手教，农民听得进学得会，很快就恢复了种茶脱贫致富的信心。还有一个意想不到的结果是，村民、专家一来一往间，专家主动对点联系村里扶贫产业，村里致富能人精准到位帮带村民，带着乡土气息的"导师制"开始萌生。

该不该支持和倡扬这个新生事物？

正在村里定点帮扶的县委组织部负责同志和镇党委、镇政府给了肯定回答。县委组织部深入调研，决定在老城村试点兴办新时代乡村青年农民学校。2018年8月，学校正式开学，其功能不仅限于提供产业技术服务，还要建成担负发现青年农民入党积极分子、培育村级后备人才、强化乡村治理、加强基层建设等多重使命的平台。

应运而生的新时代乡村青年农民学校很快在全县普及，并且大受欢迎。

农民说，这是真正属于我们自己的学校。我们想学什么，都能分门别类地找到导师。导师又多是身边的致富能人，他们的成功大家看得见，教我们，我

们信。

　　学员张曲波，是个返乡农民工。种了4.5亩白茶，管理不好，收益不善，曾经动过放弃种茶的念头。导师手把手地教他怎样修枝、施肥、防虫、采摘，现过现都派上了用场。原来，一亩茶园年收入只有几百元；上过青年农民学校，茶园年均亩收入能有两三千元。激动之余，他决定增加3亩种茶面积。

　　导师说，走上新时代乡村青年农民学校讲台，肩上就有沉甸甸的责任。在田间地头实打实讲授农业实用技术，

有一种格外的亲情和激情。

张吉邦当上种茶导师，他认为这让自己找到了被人尊重的感觉。现场教村民管护茶树搞惯了，有时坐车经过别的茶园，看到有人在里面劳作，他也要停下车来，了解情况，传授技术，"总感到这些事该我管，不管不行！"

干部说，开办青年农民学校，不仅让产业发展的道路越走越顺，而且有效地解决了基层组织建设、人才建设和乡村治理中一些困扰多年的"老大难"问题。

老城村村支书王兴、村委会主任苟臣志，就此能说出许多故事和一串翔实数据。

老城村曾是出名的后进村，党支部也是个后进党支部。长期无法正常开展党组织活动，3年没有发展新党员，村支两委干部也不团结。新时代乡村青年农民学校精品班开办一期后，情况就有根本性改观。党支部从学员和导师中吸纳了4名入党积极分子，通过学校培养了2名村级后备干部。支部建设更规范，党员、干部显现出前所未有的活力。

开展乡村治理，干部由上至下让群众干这干那，要求人家不该干这不该干那，村民心理上多少有些"抵"。导师则不然，他们用自己的口气、自己的语言，把这些要求传递给村民，就有"润物细无声"的效果。村里的环境卫生改观了，没人再去上访了；各项工作越来越好做了，干部群众都用肯定的口气说：这同青年农民学校有必然关系。

2019年1月，老城村党支部经过验收，不再戴着"后进"的帽子，老城村从后进村变成了先进村。

2019年5月14日，正安县委组织部副部长蒲立军带我们走访了几所新时代乡村青年农民学校，见到了十几名导师。他认为，"导师制"是一项值得关注的创举。

全县181所新时代乡村青年农民学校，共聘请导师1387名。导师队伍主要由党员、干部、致富能人、技术专家构成，致富能人是主力军。导师分县、乡（镇）、村（居委会）三级，涉及政策、文化、创业、技术指导、矛盾调解、治理管理多个门类，还有因地制宜编写的"土教材"。授课不择时间，不限地点，灵活机动，往往十几分钟、几十分钟就能搞定学员需要掌握的技术或想要解决的问题。

"导师制"的最大特点，是实现精准化指导，针对学员的个性差异因人施教，不仅教技术，也要"教"思想。蒲立军说，之所以不叫老师叫导师，关键就在"导"字上，术有专攻，教有所指，才会学有所成。

能当上新时代乡村青年农民学校的导师可不容易，要道道过群众推荐、党员推荐、支部推荐、个人自荐、镇乡党委审议公示的"关卡"，确保"能人上位"。导师免费授课，对他们的管理方法科学而严谨。

这样产生的导师，既有荣誉感，又有使命感，他们不负重任。

2019年5月14日下午，我们在新州镇新州居委会明星村民组，见到了导师向长会。

向长会是这个村民组的组长,这几年一直在种蔬菜。起初,他是看到组里不少田土荒废了而心痛,才动起种菜的念头;后来,几个返乡青年农民工愿意向他学,他开始带徒弟。当上新时代乡村青年农民学校导师后,他更是把组里的种菜事业搞得风生水起。教学不定点不定时,走到田间地头,大伙聚在一起,都可以随机上课。带的30多个学员,基本都是返乡农民工。发展蔬菜种植,明星组人均年收入达到8000元以上,钱袋子鼓了,生活越来越安定,偷盗、纠纷发生率直线降低,乡村治理顺利破题。

传世琴是返乡青年农民工。跟着向长会学了半年技术,就流转土地自己干,办起了种植园。2018年,种菜收入几万元。当年年底,她也成了青年农民学校的导师。

新州居委会支书程伟介绍,居委会辖区内有16名导师,涵盖种植技术、养殖技术、修建工匠、矛盾调解、文化艺术、珠绣产品等门类。返乡农民工、易地扶贫搬迁新市民、留守妇女、闲散劳力都对应去找导师,寻岗位。不仅推动了产业发展,而且解决了一直让人头疼的脏乱差问题。

与向长会、传世琴、张吉邦相较,新州镇尖山子村导师张小勇更具传奇色彩。2019年5月14日,一见面,他就对我们说,自己是一个有故事的人。

张小勇在福建打工多年,24岁就当上一家千人工厂的厂长。割不断家乡情结,后来回到贵阳、遵义等地创业。2013年被查出身患癌症,医生告诉他只有3个月的活法。大家凑钱让他成功地动了手术。回乡休养期间,他常在海拔

1100米到1400米的尖山子转悠。看着老百姓靠种包谷、红苕度日，村里大片土地荒废的景象，想着自己死里逃生的经历，他下了决心：还要拼。2017年，张小勇牵头组织尖山子养殖农民专业合作社。2018年，他与新时代乡村青年农民学校的其他导师整合力量、抱团发展，成立了贵州尖山子农业发展有限公司，以养殖为主，种养结合，从种牧草、青储玉米开始，发展到种蔬菜、种茶叶。如今，他既是公司经理，又是村里的"第一书记"。

参加完县里扶贫领导小组扩大会议专程赶来的新州镇党委书记范红兰，一直陪同走访的镇长吴权都说：正是有了新时代乡村青年农民学校这个平台，张小勇才成功走上了从普通农民到新市民（打工者），再到新农民这条人生道路。

张小勇说，凭借青年农民学校这个平台，我还要带出更多新农民。让致富带头人带出更多致富能人，本来就是新时代乡村青年农民学校的使命。

张小勇带我们看了学校占地280亩的农业技术示范推广基地，这里是村民们学技术大课堂。依托新时代乡村农村青年学校，正安全县打造了213个党建扶贫产业基地，形成了青年农民返乡创业潮。自新时代乡村农村青年学校开办以来，培训农民13万人次，培育1300多名村级后备干部、8000多名农村致富带头人，其中三分之一的致富能人，成了像张小勇这样的农村职业经纪人。正安干部群众中流传一句话：有了新时代乡村农村青年学校，农村就有了一支"不走的工作队"。

范红兰书记对此有强烈的感受。她说："有了青年农民学校，面对再重再难的任务我都不心慌。导师队伍集聚了乡村优秀人才，就是我们的宝贝、乡村的人才库。去年，全镇有9名导师成为入党积极分子，4人成了预备党员。今年，又多了两名入党积极分子。学校让党的形象更可感可知可信，党的政府在农民中有了更大的话语权。学校吸引了大批农民工返乡，甚至还有青年大学毕业生主动要求上农村的。学校成功地唤起了农民的主体意识，脱贫攻坚和乡村发展中'主动''被动'关系的矛盾正在迎刃而解。"

新州镇是汉代贵州文化巨匠尹珍的故地。走访间隙，蒲立军陪我们去拜谒了尹珍墓地和建于他故居上的"务本堂"。感慨于这位先贤千里求学、传播文化、泽被故里的情怀和业绩，我问蒲立军，新时代乡村青年农民学校的出现，与尹珍会有什么联系吗？他沉思片刻，回答："应该说有。不断求索、不断创新，是正安人薪火相传的千古文脉。不过，它今天传承和实践的天地更广阔，时代背景更壮丽。新时代乡村农村青年学校正在不断发展完善的过程中，我们还需要不断发扬尹珍倡导的'务本'精神！"

2019年5月18日

» 村歌响起来（上）

2018年国庆节前后，开阳县南龙乡田坎村掀起了一阵"唱歌热"。11月间，村里组织了一场歌咏比赛。赛的主要曲目，是叫作《醉美田坎》的"村歌"。

唱"村歌"，在田坎村可是破天荒头一回。

比赛头天晚上，妻子还在灯光下拿着歌单练唱，丈夫劝她早歇着，明天好精精神神上台。妻子不依："这是我们自己的歌，唱不好心不甘！"

几位70多岁的老人，也要参加比赛。他们头一回穿西装、打领带，乡亲们都夸他们"帅"。这些"帅哥"回答也有趣："帅不帅，唱下来才晓得，我们一辈子就唱了这首歌。"

比赛过后，"村歌"的歌词旋律飘进了田间地头，村民们干着活会哼上一两段。村里人去外村玩耍做客，爱向人家发邀请："我们村里有稀罕事情，村里有'村歌'。不信你们来听！"

田坎村的人觉得"村歌"唱出了他们的精气神。

"醉在田坎，美在田坎。贡茶故里，富硒之乡。美的圣誉，代代传习。深山密林藏古寺，茶马古道留传奇。淳朴民风张扬时代精神，乡村振兴释放民族豪情。"

村民们唱着这些词，止不住议论，原来田坎村还这么金贵，历史上就了不得，当个田坎人其实很自豪。

"醉在田坎，美在田坎。水东硒州，诗画田坎。决战脱贫，全民奋起。精准施策拔穷根，昔日贫困无踪迹。种养基地圆了小康之梦，硒茶飘香喜迎八方宾客。"

村民不光在唱，还在思考：这么好的资源条件，这么

好的扶贫政策，创造田坎村的美好明天，我们不尽心尽力怎么行？

2019年5月29日，我们去了田坎村，谈起这首"村歌"，曾任村党支部书记，现在一家旅游企业任职的兰才德和驻村帮扶干部黄英刚、周凤才看法很一致："'村歌'既让田坎人豪情激荡，还让田坎人看到了未来的方向，更让田坎人知道自己该怎么干，这首歌凝聚了人心！"

为田坎写一首"村歌"，让全村人都唱《醉美田坎》，首倡者是中共贵阳市委宣传部派驻田坎村的"第一书记"陈海兵。

陈海兵从部队退伍前当过营职干部，做扶贫帮扶干部已有三年半。在另一个村帮扶两年期满后，群众曾用真情挽留他。2018年4月，陈海兵来到田坎。

田坎村是贵阳市在脱贫攻坚过程中确定的最困难村。按市里的标准，全村832户3677人中，仍有232户798人属于低收入困难户，还有建档立卡贫困户14户59人。

初进田坎村，陈海兵感觉空气很沉闷。

有人不相信政府，不相信干部，不相信凭自己的力量能改变田坎村面貌，对现状无可奈何。也有人盼望期待变化，却不知从何下手。

"精神上的脱贫解困最重要！"这是田坎村给陈海兵的第一印象，也是他为村里工作布的第一颗棋子。可开步就很难，给村民讲国情大势，宣传政策，他们来得不紧不慢，上面开大会下面开小会，有人还露出反感情绪："又来洗脑了！"也有人说:"要我脱困,你能拿出多少钱?"

陈海兵当过兵,深知一首歌能够号令部队的神奇功能。在宣传系统的工作经历,让他相信,这样的时候,得靠文化凝聚人心。

提出这个动议,各种意见都有,陈海兵初心不改:"最初的歌词,其实是我和帮扶干部、村干部,你一句我一句凑出来的,酝酿时间都有一个月。"歌词有了雏形,他们从乡里跑到市里、省里,寻求支持与合作。贵阳市音协主席帮着改了歌词,副主席帮着谱了曲。省歌舞团专家、歌手配乐、演唱,老师到村里教唱,一时间,村头村尾家中田坎皆闻"村歌"声。

陈海兵用"两个三"概述"村歌":三个月"村歌"从无到有;从三个层面教育农民,一是要唤醒大家的资源、文化自信;二是要珍惜时代和机遇,靠自己努力改变面貌;三是要懂得感恩,相信党的领导。

他说,这三个目的看来都在达到。创作和咏唱"村歌",开启了田坎村激发内生动力的进程。

田坎村群众爱听花灯,陈海兵又在花灯唱词"旧瓶装新酒"上动起了脑筋。

从农历正月唱到腊月,调还是那个调,词却变了样。"党建引领促发展""组组通路会战忙""推倒危房建新房""寒门学子贴金榜""尊老爱幼是乡风""同步小康显精神",这一串多少显得有些生硬的说词,一旦唱进花灯,不知不觉间就能入脑入心。

驻村帮扶干部黄英刚，不止一次同村民一起听这些新编花灯。他的印象里，过去喊上午十点开会，十一点人还来不到一半，现在喊听花灯，村民提前就会到场。"古人说暂凭杯酒长精神，我们现在是且听花灯长精神。"

过春节贴春联，是中国乡村的古老习俗。陈海兵组织村里给家家户户送春联，不过这送的过程有些特别。

你要拿春联吗？好，先回答我的提问。

"贡茶故里留传奇""富硒之乡奏乐章"，你说说，

田坎村为什么会被叫作"贡茶故里""富硒之乡"？答对了，还得讲一讲，故人留下的传奇，该怎样奏成现在的乐章？

上联是"共建共创共享文明村"，你把眼光放远些，想想下联是啥？"对，同心同德同圆中国梦！"

春联是陈海兵们自己创作，请书法家书写，再与村民们一问一答。群众感知到干部的良苦用心，干部对群众的愿望向往了解更深，意义远远超乎送春联活动之外。

田坎村距贵阳市区近百公里，留守老人和儿童都多。

这些老人孩子谁来关心、谁来过问？陈海兵觉得，把这件事办好了，既能让党和政府的形象在群众心中更具体，又能很现实地增强村民在党领导下脱贫攻坚的自信。

今年农历正月十五，在贵州岑瀚建筑集团董事长石冰和开阳县夕阳红志愿者等社会各界人士支持下，一场别开生面的"饺子宴"在田坎村村委会进行。

摆下20桌流水席，村里的老弱病残、鳏寡孤独和留守儿童都是座上嘉宾，来者有300多人。500碗饺子，一碗12个，有人平生第一次吃饺子，一碗不够吃两碗。他们说，这饺子端上桌，热气腾腾，吃在嘴里暖在心里。曾经的一位村支书身患癌症，妻子身体也不好。陈海兵把饺子送到他们家里，老支书热泪盈眶道："我在田坎村生活了这么久，没见过这样干事的。有你们带着干，田坎村不发愁明天。"

一年多来，田坎村党的建设抓得扎实，陈海兵坚持向帮扶干部和村干部宣传自己的观点，并一步步、一件件付诸实践。

让共产党员在村庄治理中当排头兵。

培育文明乡风，保持村容整洁，促进社会和谐，过去村干部没少为很多具体事劳力劳神，往往其效不显。以党员为核心，组建"醉美田坎除陋队""党员先锋志愿服务队"，带动"群众志愿服务队"，效果就不一般。全村范围开展"让我看见你"主题活动，你是党员，是干部，是服务队长，做了什么都被拍成照片，展示出来让大家来找你。被找到的人面上有光，看不到你干工作的照片，村上人组里人会有意见，认为你丢了集体的脸。

建立村史馆，展示明清文物，意在用历史激发田坎村人的自豪感。把几代党员干部和乡贤的事迹用图文形式陈列出来，目的就是增加大家的紧迫感、责任感、使命感。陈海兵说："都是一个村的人，谁不想在它变化的历史上留下自己的名字？我们这是在添柴加火，烧出干部群众心中那股英雄气。"

2019年5月29日，田坎村召开党员大会，改选党支部。会上把已运行一段时间的"醉美田坎除陋队"组织形式明确下来，并宣布了第一批9名队员，他们全部是党员，村支两委还发了聘书。一些除陋队员当场表示，村干部可以放开手脚去想去管村里发展的大事，易风易俗、调解纠纷、保持村容村貌这样的事，我们来管，一定要管出个样子来，给田坎人的信心再加几把火。

也在这一天，陈海兵把南龙乡中心学校田坎教学点校长李涛请到办公室，同帮扶干部、村干部一起商议，怎样把

"六一"儿童节有300多人参加的大型联欢活动办出精彩。这场活动,要唱"村歌",要让孩子们向老师、父母诉说自己的感恩和心愿,要他们知道幸福都是奋斗出来的。

  陈海兵说,有人就有一切,人心齐,泰山移。关键是看怎样让人心活起来,把它产生的巨大能量释放在脱贫攻坚、促进发展的实际中。

2019年5月31日

» 村歌响起来（下）

2019年5月29日，贵州岑潮建筑集团副总经理王健和董事长助理杨少游，受董事长石冰委托，上午十点多钟就从开阳县城赶到南龙乡田坎村，他们要和"第一书记"陈海兵商谈共同发展"将军笋"产业的事。

"将军笋"是一种被驯化的野生植物，兼具鲜笋、芦笋的品质，又有自己的独特口感。在海南一些地方，种植销售将军笋，逐渐发展成有前景的产业。

2018年下半年，海南瀚香集团免费提供种苗，田坎村引进种植将军笋。计划种植200亩，已经种下100亩，想进一步发展，却卡在资金上。

村里正在开党员大会，改选干部。11点多钟一散会，陈海兵就带着来访者去吴家寨村民组，试种的100亩将军笋都在这个村民组，陈海兵建议王总一行边走边看边讨论。

吴家寨的100亩将军笋分两种形式种植。三十几座大棚里，空气潮热，有近半尺高的将军笋枝叶近似生姜，长势喜人。谈起将军笋，陈海兵说话挺有信心：在开阳的气候条件下，将军笋至少可以做到10天一采，一年能采9个月；一亩年产5000斤，按批发价6元至8元一斤计算，亩产值3万元，纯利润1万元，200亩地上可以发展出一个大产业。栽在露天田土里的将军笋也有两种款型，以一条沟坎为界，一边锄了草，施了肥；一边管理比较粗放；陈海兵说："这是在进行对比，看哪种种植方式更适合村情。"

将军笋过去在贵州闻所未闻。海南瀚香集团免费提供价格很高的种苗，让陈海兵动了心。经过市场考察，他心中也有底，决定引进之前，他和村干部一起同吴家寨村民组村民算账：种一亩白菜产值3000元，你最多实赚千把元；种一亩将军笋，把各种费用刨干打净，一年可以到手1万元，哪个上算，你们自己想。

带领田坎村发展产业，陈海兵坚持一个想法，再好的

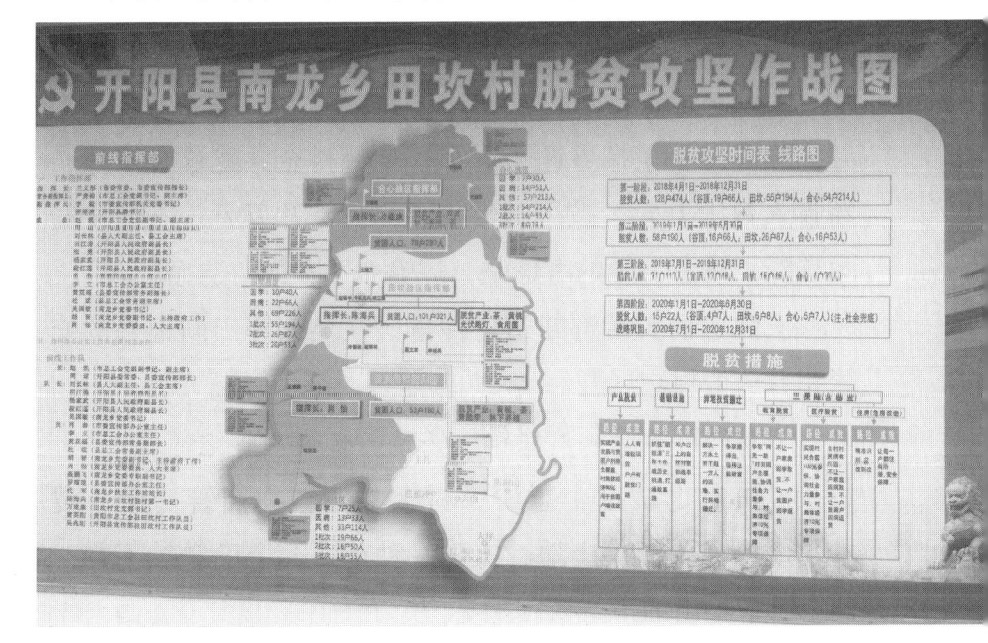

项目也得符合群众意愿，让群众自觉自愿参与其中。不能只是干部叫好，更要村民叫好。再往深一步讲，就是发展产业要有目标性，量力而行，切忌盲动，投入、销售、人员都要有保证。

村民的积极性被调动起来了。陈海兵带着王健、杨少游一行实地考察，不少村民来探问虚实。将军笋再过个把月就可以采摘了，行情怎么样？基地如何建？大家心里揣着不少疑问。

陈海兵又同王健、杨少游算起了账。将军笋种植面积要扩大到200亩，兴建大棚约需50万元，再加上数万元的人工费用和其他开支，投资将近60万元。"田坎村没资金，没人才，不和企业共建，这事干不长久！"陈海兵几句话干干脆脆。

今年3月间，陈海兵带着田坎村村委会主任杨维洪、村里有名的"蔬菜大王"冷子江，专程来到贵州岑瀚建筑集团，要同董事长石冰签一份事关将军笋产业的协议。

陈海兵心里揣着两个方案，如果村企共建这个产业，需投入数十万元。按公益性投入，只需几万元。石冰果断地选择了后者，他的考虑是，"输血"不如"造血"。

王健、杨少游都知道这件事。在吴家寨田间地头的交谈扣着这个想法展开。

"发展产业必须产供销一条龙。必须企业化管理。"

"村里也是这个想法，村企共建。你们管资金、技术、市场，我们出土地、人力、种苗，一个巴掌拍不响，两个巴掌拍出的声音就很响亮。"

田坎村答应尽快拿出可行性报告。

岑瀚集团的代表询问了不少具体情况，承诺一件件抓落实。

村企共建，向田坎村的将军笋种植业展示雨露阳光。

陈海兵发展乡村产业的思路，源自他对田坎村村情和村民意愿的真实了解，也因为他善于把握机缘。

发展种养业，田坎村干部群众想和干也不是一天两天。只不过长期都在见子打子，上头提倡发展什么产业，村里就上传下达牵头组织。这项产业在田坎村对不对路，想怎么做，喊谁来做，做出什么效果，是笔糊涂账。任务不清楚，方案不落实，费了劲抓产业却抓不出产业。

村民想通过发展产业改变个人和村子的命运，但又不知道到底该干什么，对村干部产生了质疑。一个有些威望的长者，就曾经在公开场合说："田坎村要把产业搞起来，我拿手板心给大家煎蛋吃！"

俗话说，靠山吃山。田坎村山上能靠能吃的是富硒茶，茶园有8000多亩，村外人来开的上规模茶企有4家。可企业与村民处成了"油水关系"，各各分离。村民觉得茶企兴衰存亡与自己关系不大，企业也仅仅把农民当作季节性劳力，平日联系不多。虽有茶企，却没有在田坎村形成发展产业的动力和活力。

陈海兵又走访企业，又到各村民组走家串户，他想从情感上把村民和企业捏在一起。

走进茶企，陈海兵和他的团队首先感谢企业对田坎村发展的支持，然后告诉他们，我们还能确保企业享受什么样的政策，村里还能竭尽全力提供什么样的帮助。村里负责茶产品的推广销售，驻村帮扶干部向各自所在单位请求支援，解决企业发展中碰到的具体问题。

同农民谈心，就是摆事实讲道理。怎么能说企业与我们无关呢？没有企业，田坎村的富硒茶会不会声名远播？不靠企业，你们哪来那么多就业机会？就算开个农家乐，田坎村地处偏远，不冲着这些茶企，恐怕来的游客也不会多吧？

茶企和村民应该是鱼水关系，是个命运共同体。

关系处到这个份上，便你中有我，我中有你。但凡到了发展的关节点，茶企总会找村里商量。几家茶企提供了400多个岗位，主动带动100多户贫困户和低收入户脱贫奔富，干得好的人，年收入有两三万元。

校农结合，是田坎村发展种植养殖产业的一个大手笔。驻村帮扶干部黄英刚说，陈海兵又当"策划家"，又当"宣传家"，把田坎村种养业搞得风生水起。

陈海兵形容过去田坎村种蔬菜，是埋起脑袋栽，栽来卖给谁不知道，能卖出多少卖成什么样也不知道。2017年，茄子滞销，20斤一件的货品卖到两元，成批的茄子烂在地里。生产与市场脱节，留下了惨痛的教训。

怎样创新农产品对接机制？省政府专门发文，要求各级各类机关、学校、企业食堂需求与贫困地区发展有机衔接，走直产直销的道路，带动贫困地区脱贫致富。

抓住了这个机遇，订单农业在田坎村应运而生。

第一个对接点是位于花溪大学城的贵州中医药大学。陈海兵等人带着产品，宣传和推销田坎村的蔬菜、猪肉、水果和茶叶，邀请学校领导来村里考察。校领导专题研究后拍板决定：校食堂所需菜、肉由田坎村直产直销，每年订单150万元。

进一步"攻城略地"，校农结合的天地不断扩大。贵州大学、贵州师范大学、贵州医科大学、贵阳学院、贵州师范学院、清镇职教城等先后与田坎村签订"校农农产品直产直销协议"。合作落地的学校已有13家，覆盖学生、老师20万人。每年定向提供价值400万元的农产品，菜、肉各占一半。市场有了保证，再去要求村民种什么不种什么，养什么不养什么，质量规模要达到什么标准，干部们说话就有底气。陈海兵之所以敢把海南的将军笋引种到田坎村，也是看到了已建立的市场容量："200亩的将军笋产量，测算下来，完全可以消化在这20万人的市场里。"

20万人的学校市场中，教师有1.3万多人，他们后面有1万多个家庭。在陈海兵的策划下，除了定点供应学校食堂，田坎村还在校园里建起6个"校农结合直销超市"，新鲜农产品在超市里直接同教师见面，教师和村民实现了双赢。

超市建设的步伐在加快。满足教师的需求后，田坎村的农产品还走向社会超市，已同惠民生鲜超市签订3份战略协议。

校农合作产生了让人欣喜的"溢出效应"。

陈海兵认为，至少要从两个方面观察这一效应。

田坎村目前与省内10个县的农民专业合作社联动合作，成了帮助农产品产地与市场对接的平台。册亨县产的小米香蕉运到贵阳滞销，田坎村在"校农结合直销超市"和社会超市同时发力，短时间就让产品售罄。

6所大学在田坎村建起"校农结合示范基地"，科研、教学、体验、采购和党建联动，包括文化、教育、艺术引进等多种功能尽含其中。这些基地的久久功夫，是不能只用经济这一把尺子去量的。

陈海兵觉得田坎村的产业文章空间还很大，"抓住统一思想、明确方向、制定方案、落实措施、绩效考核五句话二十个字，石上留痕，板上钉钉，干部就会有方向，群众就会有干劲"。

2019年6月1日

» 烟云一瞥看古镇

我的记忆里，下司镇，既亲近又遥远。

这个地方，长期隶属麻江县，后来划归凯里市。是黔东南州乃至全省一个有名的古镇。

1970年，因时代风云变幻，刚刚16岁、读了一年初中还没毕业的我，与14岁的弟弟从贵阳来到一个叫白午的山沟里，在对外称作二一〇信箱的三线工厂当了工人。

工厂周边几公里范围内没有村庄，从公路进去还有好长一截砂土路，数千名员工和家属的生产生活区，像是夹在凯里城区和下司镇之间的一个不起眼的村落。物质生活和精神生活都很匮乏，上凯里，去下司，自然而然成为"二一〇人"度星期日去处的首选。不过，凯里距厂区近二十公里，下司与我们的距离10公里不到。印象中，还是选下司的人多。

说下司与自己亲近，是几乎每周都与师傅、工友相约去那里"赶场"。赶场可以买到新鲜的农产品"解馋"，但这绝不是我们唯一的目的。这家工厂后来走出一批公务员、学者、专家，还有著名电影演员、中国电影家协会主席，大家有缘相聚，说起当年"赶场"，都以为可以算作一次次"文化巡游"，一种"逛"。

下司的风景与工厂大不一样。清澈的清水江在这里绕了一个弯，便把一个水灵灵的古镇刻在人们眼前。只有一条曲曲折折的街，但喧闹的市声在当时听来已经非同凡响。20世纪40年代，下司是大后方重要的水运码头，据说镇里的茶馆白天黑夜都不歇业。伫立在坑坑洼洼的街边，蒙在灰尘里的民族建筑和民国建筑，总能给人一些遐想。

下司为什么又离我遥远？因为1977年全国恢复高考，我于当年参加考试，1978年初就去外省读书，一别40多年，再没有故地重游，原有的印象渐渐模糊了。

今年5月30日，我终于来到一别数十年的下司古镇，一次亲情游促成了这段因缘。

那天，80多岁高龄的母亲过生日，身子尚硬朗的她，坚持要去下司过，本意大概是要去体察一下儿子青少年时代的岁月味道。

这味道已经一去不复返。

下司整个镇变成了一个旅游风景区。如今，下司人的喜怒忧欢、

憧憬向往都同旅游业的发展相关。

今天的下司古镇，最大的特点就是幽静，幽静得像个世外桃源。

走进静静的街巷，穿过阳明书院、广东会馆，走过风雨桥，便是那条我们当年等候农民提着鲜鱼、活虾、甲鱼来卖的小河湾。小河湾现在变成了风景点，半干涸的水里泊着一列小船，任你想象涨水时这船"咿呀"一摇，会有多少情意绵绵。

黄昏时节，抽把茶楼里的藤椅在沙边空地上坐了下

来，你就能尽情地听那些虫儿们和着水微弱的流声，在草丛和树枝中嘶鸣。夕阳把一缕缕光芒抹在鼓楼和其他修旧如旧的房屋上，安静得你什么都不愿想。

清晨，这虫鸣又合了鸟鸣。鸟啼叫了还要飞，在天空中划出一道道弧线。不过它也就像几朵浪花，跳跃过了，大海又归于平静。下司古镇，有虫鸣，有鸟飞，但它们影响不了这是个平静的所在。

沿着小街往前走，一块"杨狗饭店"的招牌晃进眼里。53岁的主人家杨秀龙在门口迎客。他是镇上清江村村民，18岁就开始在街上摆摊，有固定门面是最近几年的事。

摆摊啥苦没有吃过？日晒雨淋不说，把货从家里运到场坝，有两里路，日复一日，都没工夫喊累。他与我也有缘，年轻那阵经常骑着自行车，把肉、茶、蛋拉到二一〇信箱小市场上售卖，一来一去接近20公里，赚不上多少钱，人却苦得慌。

下司镇发展旅游，像杨秀龙这样的村民得了实惠。

鱼、狗、牛肉是"杨狗饭店"的主打菜，"牛脑壳"小有名气，其他风味菜也随行应市。饭店门面不大，楼上楼下只能摆下5张桌子，却常常是顾客盈门，应接不暇。

大学毕业的儿子杨再明，在家里跟着父亲创业。不过他经营用的是现代化手段，"杨狗饭店"好在哪、特在哪、路怎么走、菜怎么订？都在手机和网上打广告、做解读，吸引了一批回头客，激起了更多陌生者的好奇，旅游旺季时，提前几天预订都不一定如愿。

杨秀龙看过了下司镇的昨天，也度过了下司镇的今天，忙了一天下来，他会沏壶茶、点支烟，想这个古镇未来会是什么样？

"想也想不出个名堂，只不过明天肯定会比今天更好。过去到你们二一〇跑买卖，只能蹬单车。后来赶马车、开拖拉机。现在我家买了汽车，不过不用再去跑生意了。50多岁的人了，想啥？就想让来下司旅游的人都知道有个'杨狗饭店'，我怎么说也出了力气在把下司古镇这块牌子擦亮。"

离"杨狗饭店"不远，推开一民居古色古香的门，墨汁的清香飘出来，屋子里随处堆放着写过字的毛边纸。这"书香门第"的主人，是70岁的清江村村民朱秀群。

朱秀群只有小学文化，却一生酷爱书法和篆刻，脑子里装着下司镇的古今风云。

他1962年离开家乡去了丹寨县，1970年又回到下司。这一去一回，用他的话讲，就是舍不得家乡的好山、好水、好人。对下司的不舍，让他对下司从大到小的变化都看得很真切。

旅游业水涨船高，旅游旺季、逢年过节，下司景区人流如潮，但再大的浪花，融进下司的天空和土地，到头来还是一片难得的安宁。"我看再过好多年，这都会是下司在人们心目中的面貌。"

有些变，说不清是好还是不好。

几十年前，镇上家家要打粑粑，现在几乎没有人家还干这件事。人们想吃粑粑了，花钱就能买到。花钱买的粑粑，老年人吃着，就缺了些乡愁的味道。

"挂青上坟"过去是寻常事，现在却不容易。今年清明节，朱秀群想邀约姊妹集中起来上次坟，80多岁的老姐姐就出面阻止。

朱秀群知道旅游发展改变了人的生活方式，他喜欢下司古镇的新变化，但时不时又会有些怀旧。

下午三四点钟光景，几位老阿姨依着有一两百年历史的老民居摆"龙门阵"。有人夸自己儿子、媳妇靠旅游业找到了工作岗位，日子过得挺美满。有人说话就带些怨气："过去那日子多好，煮饭下面，门前屋后就能掐把葱、扯棵菜。现在啥都要过钱买，没有从前方便。"

从不习惯到习惯，从不理解到理解，从不赞成到赞成，从消极观望到主动参与，在历史性的变革中，人的变

化大体都要经历这样一个过程。下司镇概莫能外。

古镇里的两位银匠，下意识地对这个规律做了诠释。

非物质文化遗产传承人、来自雷山县西江镇麻料银匠村的黄昌荣，在下司街上开了家"黄师傅银匠铺"，生意看起来并不火爆。

黄昌荣不急不躁。他心里有两笔账。10年前，银匠村的银匠只能窝在家里加工、批发，月收入五六千元就算高了。到了下司镇，月平均收入能有七八千元，不如期望值高，但也还不错。关键是心态要放平和，真正把自己当成下司人，将个人的荣辱兴衰同这个古镇的发展捆在一起。这样做，可以想象现在和将来的日子里，欢乐多于忧郁。

"云江银饰"是麻江县龙山镇复兴村村民黄胜光在下司镇开的铺面。2013年创业伊始，生意还看好，后来竞争者多了，买卖就有些不如从前。25岁的他曾经动过念头，是不是该离开这地方重谋发展。经过考察评估，他还是决定留下来当下司人，相信旅游业总会给自己带来好运气。

如果说黄昌荣、黄胜光对下司古镇旅游开发的投入和参与，正处在从被动到主动过程中，25岁的农村女青年王娟的步子就走得更快。

王娟是我在下司住宿的"汐月花锦"民宿的前台服务员，下司镇隆堡村的年轻仫佬人。她在广州打工取得咖啡师资格，半年前来"汐月花锦"上班。这家民宿的创办者，是分别居住在北京、贵阳、凯里的四个大学毕业生。他们的新理念、新想法不知不觉地就影响了王娟。

爸爸妈妈来看她，她会用咖啡和茶点招待，理由是土与洋的结合，往往会产生意想不到的效果。放假了，她喜欢去外面旅游，重点想看看别人的民宿是啥样，如何让旅游区商业经营荡漾新意。

王娟有个愿望，将来有条件，要在镇上开一家体现自己个性的咖啡吧或者茶馆，为新旧事物的融合打造一个平台。

下司古镇，宁静的后面原来这样波涛汹涌，看来仅仅用幽静来形容她是不够的。在镇上，我见过这样两副对联："古镇深幽小憩何处，小街途中饮茶停驻。"说的是下司静可通幽，静能养神。"门前小桥联世界，户从清江达海湾"，那就是一种发展还要进入新天地的豪气。

2019年6月2日

» 身边不走的志愿服务者——赤水行之一

赤水，响亮的名字。赤水，光荣的城市。

蜿蜒向长江奔流而去的赤水河，为赤水市赋予了许多绚烂与传奇。

红色文化让这个城市熠熠生辉，青山绿水使人在这里流连忘返。脱贫攻坚战中，在全省率先出列，又一次展现出赤水人盼发展求发展促发展的强烈渴望和坚实努力。

踏上这片土地，当地的同志就告诉我，脱贫攻坚并没有被简单地画上句号。作为全国50个新时代文明实践中心试点县市之一，从2018年10月起，一场全面提升农民素质、实现农村精神脱贫、有效地把巩固脱贫攻坚成果和实施乡村振兴衔接起来的艰苦战斗，正在这里有声有色地展开。用新精神、新思想、新文化占领农村阵地，成为赤水干部群众一个新的奋斗目标。

文明实践活动离不开志愿者。构建三类志愿服务队伍，让党员干部成为志愿服务的旗帜和标杆，让社会人士成为志愿服务的主流和骨干，其最终目的，是逐渐让农民成为文明实践活动的主体。这是赤水市文明实践试点工作中的一抹亮色。

亮色究竟亮在哪里？赤水市委副书记高见建议我去元厚镇看看。

元厚镇距赤水市区41公里，1935年中央红军四渡赤水，一渡的渡口就在这里。

2019年6月18日，在去元厚镇的路上，一连看到几支迎亲的车队，市委宣传部副部长孔德志打趣说："今天是个好日子！"没想到这句话竟歪打正着：初识元厚，就遇见了一团压不住的喜气。

景色秀美的赤水河畔，"红军渡"石碑旁边，搭起一个大舞台，台上的人们且歌且舞，台下的人群欢声笑语。背景墙上几行大字"情满赤水·欢乐乡村 新时代文明实践系列主题活动之青山绿水红日子 元厚镇首届乡村广场舞大赛"，点出了今天这番热闹的主题。

元厚镇党委书记马乃元、副书记牟中全都在现场忙。马乃元说，现场来参赛和表演的12支队伍，一半以上都是志愿者。如今农村的文化活动、公益活动，离开志愿者就唱不成戏。目前全镇人口1.7万人，志愿者就有1600多人，差不多占了十分之一。

组建志愿服务队伍，党员干部是"关键少数"，但他们发挥的主导作用不可谓不重。有了旗帜和标杆的引领，被感染者、被吸引者、被带动者才有主心骨，才能如江河永续。

34年坚持宣讲红军故事、传承红军精神的志愿者肖义伍就是这样一个人。

在广场舞比赛现场，我见到了肖义伍。他今年69岁，是桂园林村的老支书，家族同当年的红军有割舍不断的亲情。

1935年，红军总司令朱德的警卫员，在习水县土城青杠坡战役中受伤，被转送到元厚，肖义伍的舅妈、舅舅冒死担起了救护任务。夫妻俩把伤员背到半岩烧炭的废窑洞里，精心照顾治疗20多天。1975年，朱德女儿朱敏来元厚找到当年救红军的恩人，协调地方对肖义伍舅妈的生产生活给予支持帮助，催促当地建起红军纪念碑。

舅妈、舅舅和红军的故事，像棵绿树长在肖义伍心里，而且越来越枝繁叶茂。几十年里，他认定一个道理：当年红军流血奋战就是为了老百姓今天过上好日子。共产党的恩情永远感激不完，红军精神就该代代相传，让更多的人在前进中得到动力。

肖义伍把发生在元厚和与元厚有关的红军故事收集整理起来，结合身边事、身边人和身边的变化，向本地、外地党员、干部、学生、群众宣讲了几百场。仅2016年，听他宣讲的就有两万多人。

2013年，他被检查出患有膀胱癌、肾盂癌，去重庆做了两次大手术，但宣讲的事却从未停下来过。因为不但肖义伍是红军精神的传播者，他还带出了一支以自己名字命名的志愿者红色宣讲队。参加这支队伍的前前后后有几百人,大多是农民和农家子弟。

肖义伍和他的志愿者宣讲队,讲红军故事,讲红色精神,句句都能打动老百姓的心窝窝,说出老百姓的心里话。

为什么共产党和红军的恩情要世代铭记不忘?提起桂园林村今昔变化,肖义伍开门见山就讲:"我有话要说!"

"解放前,桂园林村只能种望天田。解放后,村里建起20公里'感恩渠',老百姓日子越来越好过。元厚龙眼营养价值和口味优于许多外地品种,这几年村里种了4800多亩龙眼,精品水果产业让桂园林村发展的路越走越宽阔。全村人均收入从2014年前的1400元增长到10800元,475户人家,家家盖新房,吃不尽,穿不完,这样的光景哪个年代见过?"

用农民的话说农民的事,听着新鲜,听了相信,听完当然要想:为什么会有这样翻天覆地的变化?跟着谁才能过上一天比一天更幸福的生活?

赤水市的同志告诉我,在文明实践志愿服务中,党员干部有了可喜的"变":提高认识,改变作风,真心投入。过去是穿上黄马甲就开展活动,当作一桩工作任务来完成,做法不接地气,群众喜不喜欢、接不接受也无从知晓,像演员,像过客。现在却是真正入了角色,群众最需要什么,最反感什么,都要下细去了解把握。顺着农民的心路开展活动,开展一次活动就密切一次干群关系,农民当然愿意跟你学，跟你干。

肖义伍是赤水市党员干部在文明实践志愿服务中发挥主导作用的一个缩影。党员干部走在前面，携手与加强理论宣讲、扶持产业发展、丰富文化生活、革除陈规陋习、提升法治意识五项任务对应组建的"五大员"乡风文明指导队，在这片刚刚走出贫困行列的土地上，上演着一场场春风化雨、润物无声的活剧。

当"主导"不易，做"主体"更难。因为他们就是地地道道的农民，弄清楚文明实践志愿服务与自身生活改变、农村农业发展、革除陋习淳朴民风之间的关系有一个过程。活动伊始，他们往往是旁观者。

农民的事由农民来说才有说服力，农民需要农民来影响和帮带，农民的问题需要依靠农民来解决，农民志愿者才是留在农民身边不走的志愿者。为了发展农民志愿者队伍，让农民逐渐成为文明实践活动的主体，赤水市画出了一张实现农民群众"五变"的路线图：从旁观者变为参与者，从参与者变为爱好者，从爱好者变为传播者，从传播者变为志愿者。"五变"从思路到实践，都需要思辨的武器。市委一位领导拿出手机给我看自己勾勒的一张图，图里可以看出决策者、指挥者从实践中来、到实践中去的思想轨迹。

"旁观者：教；参与者：聚；爱好者：乐；传播者：颂；志愿者：助。""五变"是一个动态的过程，教、聚、乐、颂、助五个字，既是引导者主动的作为，又是发

生在变化者身上的效果。两两相加，就凸显出赤水文明实践志愿服务队伍，在教育农民、引导农民、发动农民上发挥主动性和创造性的鲜明个性。

在元厚镇首届乡村广场舞大赛现场，我见到了五星苗寨歌舞志愿队领队、村支书王乃兵。他说越来越多的农民成为志愿者，解决了多年解决不了的难题。

五星苗寨是元厚镇最偏远的村，原来也最穷。现在家家户户住上别墅房；种茶，养殖乌骨鸡、生态猪、生态冷水鱼，给村民带来可观的经济效益。可是一些村民也沿袭了过去的不良习惯，从早到晚都在喝劣质白酒，每年醉死两三个人的事，曾在村里多次发生。农民志愿者啃这块"骨头"，不讲什么大道理，就用唱歌跳舞的形式，让你想这些年有多大变化，将来变化又会有多大？干才会有变化，把时间浪费在不加节制的饮酒上，有多么可惜，既害人，又害己。身边人说身边事，能有不信的道理？知道自己要赚钱，要发展，时间浪费不起，好酒之风自然渐行渐远。

王乃兵透过村民开会之变，来看农民志愿者的作用。过去喊开会，来的一半人是醉的，有人还来不了。现在开会，人到得整整齐齐，头脑都很清醒，生怕走失了发展的机遇。王乃兵向我们发出邀请："六月六"苗族传统节日，村里要组织活动，展示五星苗寨全新精神面貌，到时你们一定要来感受一下哦！

社会志愿者在文明实践中功不可没。从破解这类志愿者人数少、队伍小、活动散、系列性不强、项目单一、影响力小等问题入手，引领和吸纳并举，让他们实现既保留自己活动体系，又在更高层面参加活动的"变"。这样一来，工作面更大，认同度更高，价值更加提升，力量越来越大，带动作用越来越强，主流和骨干之喻也就不虚。

志愿服务本来已不是新事物，赤水市却在刚刚脱贫不久、精神脱贫凸显紧迫性、乡村振兴号角已然吹起的大背景下，真真切切地把这道题目做出了新意。

紧扣建设自治、德治、法治新农村大环境主题，打造一支留在农民身边不走的志愿服务队伍，赤水人正在谱写新的传奇。

2019年6月22日

》把"爱国有我"刻进心里——赤水行之二

2019年6月18日,临近中午时分,我们到了赤水市葫市镇小关子村。但见村口一块巨石,上面镌刻着"爱国有我"四个红色大字。再看,右下角一排小字,标识这情怀满满的石碑,是小关子村全体村民集资立起来的。

村里文化广场,大屏幕上滚动着一行字:"知三史报三恩讲座"。几十个村民坐在屏幕前,正通过电视收看一位某著名大学教授的讲课。广场三面墙都是展示栏,中共

历次重大会议，新中国建立后重大事件，党的十八大重要政策举措，小关子村解放前后特别是改革开放以来今昔对比……有文有图，仔细看一圈下来，对这些内容，心中就都有个底。对比账，有的是粗线条，有的算得相当精细，衣食住行、医疗卫生、教育低保，件件有理有据。

展示墙上的一段文字引起了我的注意，镇党委书记袁贵平告诉我，文字提到的这个人，同村口立着的那块大石碑有关系。

1919年，第一次世界大战结束后召开的巴黎和会上，帝国主义列强无视中国主权，决定要让日本继承德国在中国山东攫取的一切特权，帝国主义的这种强权政治，激起了中国人民的极大愤怒。这年5月3日，北京高校学生代表举行会议，小关子村人、北京大学学生谢绍敏，当场撕破衬衣，咬破手指，用鲜血写下"还我青岛"四个大字。他把血书高高举起，全场口号声此起彼伏。会议决定，把预定5月7日的抗议大游行改在5月4日举行。谢绍敏因此被称为"五四运动先驱"，他的爱国义举成为小关子村的骄傲。

袁贵平说，赤水市开展新时代文明实践试点工作，提出并且实施"九大工程"，涉及理想信念引领、文明习惯培养、人居环境改善、陈规陋习革除、科技文化普及、法治教育提升、产业发展致富、绿水青山守护、榜样典范品牌九个方面，简单地讲，就是涵盖了当前农村思想、经济、文化、生态、治理方方面面的工作。九项工程都对应农村现实问题设计,这题怎么解?也只有在现实中找答案。

葫市镇的答案是:小切口,大主题。

谢绍敏不是五四运动先驱吗?对于这位值得骄傲的老乡,小关子村人对他了解多少?从这个口切进去,讲爱国主义就能落地。人们对这位同乡先贤其人其事的关注,会逐渐扩大到对他所生活时代历史的关注,进而发展到对党史、国史产生兴趣。小关子村党支部书记方吉平于此有自己的体会:过去你对农民说,要知道党史、国史,可能会引起一阵诧异,那毕竟离他们身边事远了些。谢绍敏的历史本就是国史的一个部分,和党史也有关系。从这个角度切入进去,教育群众引领群众的天地就豁然开朗,而且很接地气。村民对谢绍敏的崇敬和怀念,自然而然地升华成为对了解党史、国史的渴盼。

打破了与己无关这道关隘,"知党史、知国史、知家史,报党恩、报国恩、报亲恩"活动在小关子村就开展得有声有色。村民大多不善言谈,可谈起爱国主义与自己有什么关系,却能把观点表达得很清晰:我们都是农民,不一定能为国家做出多大贡献。但能够把家打整好,把村建设好,不给国家增加负担,把小关子村的事办好,在脱贫致富后把乡村振兴做出样子,不就是爱国吗?不就是对得起谢绍敏这样的老乡吗?今年4月,村里集资建"爱国有我"石碑,大家争先恐后响应,有出几百元的,有出几千元的,还有的村民一下子拿出几万元。他们说,这"爱国有我"的碑上刻着我们的心声。

感恩教育是针对农民群众实施的理想信念引领工程中一个重要组成部分，要破解的就是理念宣传宣讲上下一般粗和效果不佳的问题。

小关子村搞感恩教育，不讲大道理，而是先从让农民算清几笔账开始。

算账，是因为有的账还有些糊涂。

今年3月，退了休的赤水市政协原副主席杨占春应聘做了葫市镇文化顾问，跑小关子村很勤。来之前，他做过专题调研，掌握了一些情况，没想到，到了小关子村，竟能条条对应。

现在农村的发展是"芝麻开花节节高"，农民的生活越过越有滋味。可一些农民却不知道这一切因何而来，"幸福不知党为民，得利感谢经办人"，甚至还因为一些具体事，对党和政府产生了这样那样的抱怨情绪。还有很多现象令人痛心。"社会主义制度好，集体主义全丢了"，只要国家出政策、给优惠的事，抢着办、闹着干，生怕吃亏；而基础设施建设、公益事业开展要影响到自己的一点利益，就推三阻四，千方百计找不能干的理由。"只要自己过得好，不管家庭老与小"，不孝不敬的事常有发生，陈规陋习还影响着人。

杨占春和葫市镇、小关子村领导都在为一个共同的主意使劲：让老百姓算账知恩，振作精神，激扬信心，跟着党走，把心思用在全村发展上。

村民一算账，禁不住慨叹道：不算不知道，一算吓一跳。

村里新时代文明实践站为家家户户印制了账本,农民越算越高兴。

一家农户在账本上这样写着:"党的政策就是好,我用实际来证明。今年一年我家从政府手里拿到的钱有:1.三春补助342元;2.地方公林补助26元;3.生态林补助221元;4.新农合补助8025元;5.耕地地力补助213元;6.农村节育奖300元;7.新农保50元,合计9176元。"

一些村民还在账本上写下自己的感想:"以前,我要几年才换一套新衣服、新裤子、解放鞋。现在我春夏秋冬都有换季的新衣服、新裤子、新皮鞋。""过去,我们家人口多,条件差,没读过几年书。现在的孩子多幸福,不但能念书,学校还有营养餐。""解放初期,住的是茅草房;改革开放以前,住的是土墙房;现在家家户户住的是砖混结构房,我们真心感谢党!"

村干部则给村民算了几笔更大的账。

仅在2018年,小关子村就得到国家补助资金1555万元。既有通村公路硬化和新建等方面的普惠性投入,也有退耕还林、养老保险、新农合、新农保等20多项特惠性投入。

这些钱花到哪里去了?农民能说清楚。

71岁的村民谢贤勋,解放以后交了40年的农业税。他算账算得精:按每年300斤稻谷计算,那就是40年里向国家上缴了一万多斤公粮。可是国家改革开放后发放的退耕还林补贴，半年里他就拿到手1.7万元，相当于国家把前40年收的公粮又加量变成钱补贴给了自己。他说，这些账要慢慢回忆、慢慢算，越算越感到党和国家好。

低保户姚启华，一年有两万多元的补助款，过去还以为是村支书帮的忙，总想找机会还这个人情。算清楚了账，终于明白应该感谢谁。

天堂村村民张铭，听说我们在小关子村了解"算账感恩"的事，特意赶过来讲自己的故事。

她全家六口人，丈夫因病躺在床上6年，大儿子、大孙子也病的病、残的残。什么是支撑这个家庭过下去的力量？"党和政府的好政策全部落到了我的头上！"她家一年得到的政策性补助超过三万元，党员干部引领她发展产业，其他方面的年收入也超过两万元。张铭含着泪花说出心里话："感谢党和国家的好政策，勤劳致富奔小康！"

一边是把账算得让人口服心服，知道该感谁的恩，跟谁走、跟谁干？一边用老百姓听得懂、记得住的方式，宣传应该怎样跟党走、跟党干。这下杨占春又有了用武之地。

他把在大同镇黄氏家训基础上改写的《百好歌》，引入小关子村。《百好歌》用语浅显通俗，道理却不浅。"精神与物质，互相支撑好"，"环境意识强，净化家园好"，"消除人隔阂，当面沟通好"，"忆国忆家史，明礼知耻好"，"鳏寡孤独残，尽力帮扶好"，"年华莫虚度，青史流芳好"，纸面上的"好"，农民喜闻乐见，潜移默化，就成了他们现实生活中的"好"。《三字经》也被装进文明新内容，"爱祖国，爱家乡"，"不信鬼，不信神""新农村，新气象"，朗朗上口，好背好记。感恩教育加文明教育，形成了让新思想飞入寻常百姓家的合力。

小关子村村民杨国超，长期在家中供奉神龛。算账感恩和文明教育，让他想清一个道理："信什么神？要信党！"他拆掉了家中的神龛，在原地贴上了"感恩共产党 一心跟党走"的对联。杨家是小关子村的大姓，今年清明节，有400多人参加的杨姓家族聚会开成了政策形势和家风家教现场宣讲教育会。杨国超请干部来当老师，自己也讲心得，家族的人听着动心，外姓的村里人也羡慕。

赤水市的做法让人感到新鲜。赤水市的同志说，千新鲜万新鲜，其实关键只有一句话：想方设法让我们的理想信念宣传宣讲接地气，让农民群众发自内心接受我们的宣传，这样就能激发出农民群众追求发展的内生动力。

2019年6月23日

» 两盘棋合成一盘棋——赤水行之三

黎明村很小，只有222户，797人。

黎明村又不小，占地48平方公里。200多户人家，星星点点，撒落在峰壑间、溪涧边、竹林旁。正应了那句老话：地广人稀，全村7户以上的集中居住点只有8处，大部分人家是单门独户，除了犬吠、鸟飞、风鸣，加上自家的动静，日里夜里都难听到其他声音。

村子整个就在赤水市大瀑布景区里，金贵的，出门就

能看见美丽的风景，还有漫山遍野的竹林。可好多年过去了，金贵显不出金贵，黎明村里人穷得寒心。

脱贫攻坚让黎明村真的看到了黎明。

竹林从资源变成财富。全村人均有林地75亩，竹林就占去14亩，这几年人均竹业年收入都在7000元以上。风景成了老百姓致富的又一条路。村里组建了旅游股份公司，主营漂流、民宿、农家乐、特产营销店，一点点、一片片，服务业一团火红。家家有产业，户户是股东，黎明村人荷包到底有多鼓？山里人低调惯了，村支书王廷科抿住嘴，放缓声调说："还行！据不完全统计，2018年全村人均收入14680元。"

2017年12月，黎明村脱贫出列。可"脱贫"两个字，至今还是村里出现频率最高的词。

2019年6月18日，黎明村脱贫攻坚帮扶组组长、两河口镇党委副书记、镇政法委书记刘邦惠见到我，头句话就说："我们还是守着规矩，全部与本单位工作脱钩，一个月保证22天吃住在村里。脱贫攻坚了，还要回头看！"黎明村隶属两河口镇，驻村帮扶干部除了第一书记来自赤水市林业局，其他两名帮扶队员也是镇上的干部。

刘邦惠在黎明村一呆快三年了。她说，你现在让我走，我还真放心不下。连日来，她和别的帮扶干部一道，跋山涉水走进分散的农家，一桩桩核实贫困户精准识别、老百姓因病因灾返贫、社会保障落实、人居卫生环境整治等方面的情况。

刘邦惠觉得自己在黎明村的事情还没有办完。"现在黎明村人钱口袋里是富起来了，全村只有4户7人还是贫困户，而且今年也要出列。但钱富不等于心富、脑袋富，这不，与扶贫同步的扶志扶智文章才开头。"

一个派驻在村里的帮扶干部为何对精神脱贫的事如此上心？因为赤水市同步小康驻村帮扶干部，肩膀上本来就扛着巩固脱贫攻坚成果和开展文明实践活动的双重任务。

赤水市开展新时代文明实践试点工作，为了让组织保障"硬起来"，全盘引入"主要领导负总责、分片领导抓具体、件件工作抓落实"的方法，并且在实践中行之有效的脱贫攻坚指挥作战体系。"一把手"主抓，市委书记就是新时代文明实践中心主任，并和市长一起出任文明实践志愿服务总队队长。原来担任脱贫攻坚各战区指挥长的县级领导，分别成为各乡镇文明实践活动的总指挥。脱贫攻坚中的网络化包保，变为文明实践中的网络化帮扶，所有同步小康驻村工作的力量被整合起来，巩固脱贫攻坚成果和文明实践活动试点无缝融合。

如此排兵布阵，脱贫攻坚和文明实践两盘棋合成了一盘棋。

要在一盘棋上夺隘拔寨，获取完胜，就容不得你顾此失彼。

听两河口镇党委书记张新勇讲巩固脱贫攻坚成果和改变群众精神面貌两者之间的关系，会让人遐想，脱贫攻坚指挥作战体系一以贯之，物质力量和精神力量两股力量合流，两河口、黎明村的发展路上还会增添多少美丽。

张新勇说，我们现在也要"两手抓"，一手抓住产业升级，一手抓住文明实践，样样都不能只说不练，样样不能虚。

竹子运不出山就不是财富。今年全镇计划硬化产业路60公里，新建产业路30公里，直通大山深处，让更多散居农户家的竹子都能走向山外。

近几年，国内不少地方取缔大江大湖网箱养鱼，两河口因此迎来机遇，发展高山冷水鱼养殖业正当其时。两河口"生态竹味鱼"颇受青睐，全镇已有2400亩养殖水域面积。农民投鱼于高山流水中，一年后一斤就可获纯利五六元钱，且在市场上供不应求。这项产业现在尚未完全摆脱粗放状态，还要有计划、有组织、有指导地推进。

身在国家级风景名胜区，发展旅游业自然是重头戏。说话间，张新勇手指黎明村那一个个散布在林荫中的欧式帐篷式民宿，一处处保留着山区居所原生态的农家乐，告诉我们，怎样更高质量地建设旅游特色小镇，如何让游客把更多的消费留在两河口？镇党委、镇政府在脱贫攻坚回头看中，正重点考虑这个问题。增加体验性项目，准备马上付诸实施。"你想想，厌倦了城里繁华喧嚣的人们，到了这一片清净纯真的地方，与质朴豪爽的农人为伍，品尝山里面才有的竹笋、蜂蜜、猕猴桃，惬意之下，能打开多少农民增收的渠道呀！"

产业发展不停步，是巩固脱贫攻坚成果的硬道理。

新时代文明实践活动的作用和影响如何进一步深化，也不能仅仅停留于思考和议题。

在新时代文明实践活动中，两河口镇按照"问题导向"的思路，推出了两个颇具特色的志愿者活动。

山高林密居住分散，不是黎明村独有的现象，"这山喊得那山应，走到门槛要一天"，说的是两河口镇好多村寨的光景，成了阻碍服务到达的"最后一公里"。镇上和村里党员干部带动群众，组织246名志愿者成立"流动服务车队"。车队的口号是："哪里有需要，我们的服务就延伸到那里。"口号要变为实际，意味着车队成员记不清多少次跋山涉水，多少次与艰难险阻拼斗。群众有什么困难亟待解决，农民有哪些政策需要了解，单家独户居住的村民缺少什么物资，车队随叫随到，能帮上忙的从不推托。有人算了一下"流动服务车队"走过的路，咋说也算是小小的"长征"。

可"长征"的路远远没有走完。在张新勇看来，流动服务车队还有进一步扩大的天地，更多的农民应该加入这支队伍。服务的项目还要增加，让党员干部和农民群众的"鱼水关系"比现在还浓。"靠什么把独门独户散居的农民串起来，就靠我们的心心相印。要时常问，我们对农民是不是尽心尽力？"话是张新勇说出来的，却代表了基层干部的一种普遍心态。

"婚闹""大办酒席""天价彩礼""天价人情"，让农民叫苦不迭，也让乡镇干部和村干部头痛不已。两河口镇的"花轿计划"对症下药，让人看到只要动脑筋就没有无解的难题。

镇上准备了花轿,谁家娶媳妇办喜事,免费提供使用。花轿古已有之,那时候能坐上花轿也堪称大方喜气。可时代不同了,你现在让人坐花轿办喜事,当然要走过一个从想不通到想通了、从不愿意到愿意的过程。这个计划得以推行,党员干部没少进村串户苦口婆心地做工作。

花轿计划还有哪些不足?还有多少群众遇上这种事口上乐意心中不乐意?张新勇觉得,心中还不完全有底。下一步,会把改进"花轿计划"的服务内容和质量当一件事来抓,还要尽快让它产生溢出效应,推进乡村其他方面的移风易俗。

用抓脱贫攻坚的思想方法和工作作风来抓新时代文明实践,群众也总产生新的感受。

黎明村村民陈万能,是典型的村民变股民。入股一万元参与村里漂流企业,水小无法漂流时又精心经营一山竹子。脱贫攻坚出列,他是受益者。问他对将来的生活有什么想法?他说,这话得分两头说,一头是我们盼着黎明村产业越做越大,手上握着更多的真金白银;一头就是物质条件改善了,我们的精神文化生活什么时候也能变一变?他把头一扭,问村支书王廷科,村里的文化广场啥时开建,大家都等着去扭扭身子、亮亮嗓子哩!

2019年6月23日

发展才是最好的保护——赤水行之四

大同古镇的韵味藏在它的古旧之中。

沿着河边起伏的古道,走到碑湾,亭廊里立着四块高高矮矮的石碑,三块德政碑,一块义渡碑。最高的那座叫作"清封朝议大夫陈贡珊先生纪念碑"。细读碑文,原来这位乡贤虽然在封建时代做官为人,受时代局限,但却尽其所能地帮助百姓、造福乡梓,泽被后人。

赤水河在这里被巨石形成一个隘口,向前流的水逆回

来打着涡旋。看它无语奔流的样子，不说，谁又知道当年繁华景象是怎样浸润着这个古老的盐码头。如今却只余几阶石梯、荡漾的水波和轻轻的风。

踏着坑坑洼洼的石街往里走，全像昔日的风景。

几爿店铺，卸下一块块变了色的铺板。柜台上摆出乡土气息不改、全凭手工制作的糕点、食品和把玩之物。

一群农民，分散开，坐在沿街七八间茶馆里，每间一二十人，谈茶吸烟摆龙门阵，那笑声和讲话声一下子就传了好远。

谁家老人，邀约成三五一堆，倚着阳光，扯着家长里短。几只小猫，听惯了游人脚步，见人走来，睁一睁眼，打个呵欠，继续闭目养神。

2019年6月19日，大同镇党委书记袁春平、镇党委委员王朝铭带我把古镇的古旧领略了个尽兴。袁春平口气肯定地对我说："古镇里这些古物，在新时代文明实践活动中，发挥了新的作用。"

文明实践活动头绪纷繁，一有空隙，袁春平总会走到碑湾陈贡珊纪念碑前，驻足长思。

"我从市里调到大同镇工作，一来就关注这位故人。"

袁春平说，陈贡珊虽是个封建社会的乡绅，但也有值得后人学习的一面，他身上甚至有我们为官者可以借鉴的东西。一个旧时乡贤，尚能做到一生学习、思想开明、不忘乡里、同情百姓，受到后人的缅怀和尊重。我们共产党的干部，更要做远远超过他们的有理想、有情怀的人。

开展新时代文明实践活动，让袁春平有更多机会去思考，怎样从大同古镇厚重的历史遗存中吸取营养并为现实所用。

大同镇历史文化积淀厚重，红色文化遗产也很丰富。

1935年，中共赤（水）合（江）特支在镇里组织了石顶山起义，策应红军四渡赤水，写下一段光辉的历史。

老街旁边，一幢木结构的房子，是中共赤合特支旧址。

木壁、木顶、木地板的厅堂，墙上挂着毛泽东、周恩来、张闻天的画像，十几排桌椅没有上漆，既土气又简陋。可镇上的新时代农民讲习所、红色文化教育基地、新时代文明实践活动中心，统一的教室都是这样。镇党委委员王朝铭向我们解释：倒不是镇上舍不得花钱，因为这些都是先辈传下来的宝贝。坐在这里学习，你能感觉到他们的眼睛在看着你，心在想着你；你会觉得我们现在要干的事，和他们当年在干的事是息息相通的。

文明实践活动离不开宣讲，一次次宣讲，袁春平一次次地亮明自己的观点：缅怀历史文化、先贤文化、红色文化，仅仅停留在发思古之幽情上，那层次浅得可以。关键是通过讲久远的事，让人想今天的事，干好今天的事。

有了这个思路，镇上专门组织人手，提炼整理大同古镇历史文化中的精彩成分，编印成课外教材、学习资料，制作成标语。学校将其纳入教学内容，干部把它们当成行为准则的组成部分，村规民约藉此增添新鲜的内容。文物由"死"变"活"，历史与今天水乳交融。

古道热肠是大同镇的乡风，今天的乡风又与昨日不同。

一条斜斜的石巷，是游客和镇上孩子们上学放学的必由之路。68岁的退休社区干部陈克敏，在一所木屋门口挂出了"文明实践家庭服务中心"牌子。过往游客走累了，她会热情地邀请他们进来坐坐，品一碗热茶，喝一杯冷饮，讲讲镇上的古今风云，回答游客的问题。倘若有个头痛脑热，掉了纽扣别针，这里都有办法解决。一些孩子放了学，家中没人照管，尽管来这里下棋看书做作业，直到爸爸妈妈、爷爷奶奶把孩子接走。陈克敏说，我这样做，其实也没啥，就是想让热情待客的古风不失传，学好古

人，当好今人。

大同古镇有几项省级非物质文化遗产，赤水竹编是其中之一。第十三届全国人大代表、贵州省第十二次党代会代表杨昌芹是第六代传承人。她是地地道道的苗族农民，心胸和眼光却又超越了普通农民。依托祖传手艺，她办起一支竹编工艺志愿服务队，其任务就是把这门古老手艺传授给更多的农民，让更多的人走上致富道路，同时，也在更大范围为这项非物质文化遗产扬名。

大同镇竹编工艺志愿服务队的地址在古街上一幢古色古香的房子里，与杨昌芹的工作室、公司合为一体。通过"公司＋工坊＋合作社"的模式，这支志愿队已经向2000多人传授竹编技艺，在全市范围内带动上千人创业就业。

杨昌芹的历史文化传承观很有个性。

非物质文化遗产不是光拿来养着，只供人看看的。乡村振兴需要文化支撑，文化的支撑不能千篇一律，不同的地域要体现不一样的独特性。在现在的条件下，发展文化产业，发展支柱产业，非物质文化遗产必有用武之地。

发展才是最好的保护，最好的传承。杨昌芹一直在琢磨，为什么千辛万苦做出来的竹编工艺品——这些年来传统样式产品——销路越来越差，而她带着姐妹们适应现代生活需求又保持传统特色，制作出来的灯罩、果盘、器皿外套、竹编画、袋包却大受欢迎。这说明，历史遗产不融入现代氛围，只能渐渐式微。

杨昌芹的发展观也让人耳目一新。

"我走过了一条从手艺人到传承人,再到带头人的道路,这些年的风风雨雨让我明白一个道理:必须走产、供、销、研一体化的道路,做出产业链,做出规模,才会既获得更大的经济效益,又让古老文化在更大的空间得到保护和传承。"

杨昌芹的想法在一步步成为现实。她正在镇里挑选厂址,准备建起相应规模的企业,为古老文化的传承提供更广阔的天地。

古镇社区居委会主任彭刚是大同镇另一项省级非物质文化遗产"独竹漂"的传承人。他正在想的是,如果把这项古老遗产同时下盛行的大健康理念捆绑在一起,会产生怎样的社会效益?

我问陪我到大同镇走访的赤水市干部:大同镇干部群众的这些思想变化,可不可以视为开展新时代文明实践活动的成果?他们笑而不语,但我从他们的神情中读出了"肯定"。

2019年6月24日